U0101390

图书在版编目（ＣＩＰ）数据

人生感悟 / 庄武著. -- 福州：海风出版社，2014.9

ISBN 978-7-5512-0160-5

Ⅰ. ①人… Ⅱ. ①庄… Ⅲ. ①人生哲学－通俗读物
Ⅳ. ①B821-49

中国版本图书馆 CIP 数据核字(2014)第 202039 号

人生感悟

庄武　著

责任编辑： 周雨薇

出版发行： 海风出版社

（福州市鼓东路 187 号　邮编：350001）

印　　刷： 福建省金盾彩色印刷有限公司

开　　本： 787 × 1092　　1/16

印　　张： 14　印张

字　　数： 60 千字　　　**图：** 74 幅

印　　数： 1-2000 册

版　　次： 2014 年 9 月第 1 版

印　　次： 2014 年 9 月第 1 次印刷

书　　号： ISBN 978-7-5512-0160-5

定　　价： 46.00 元

自 序

刚刚告别 2013 年，似乎突然发现已跨入知天命的年龄了。感慨之余回首往事，三十年来专注本职工作，也自信是一名优秀的专业人士，也有一些积淀一些厚重，但仍然愤世嫉俗嫉恶如仇忧国忧民，心态依然年轻。平时也看看微信，有好的东西就在朋友间转发，不亦乐乎。有一天一个微信朋友说：庄老师，你也发点原创的吧。是啊，朋友阿谦都在微信上写了一百多个人生感悟了！咱们也有一些感悟呢。于是我这个与文学从不沾边的专业人士，开始也在微信上写自己的人生感悟，几天后微友池芳说：太有才了，才几天就写了好几个人生感悟，我回：我一年可以写 365 个，她回：那你可以出书，到时候送我一本哦。没想到出书，但还是深受鼓舞。以后每天写一篇，到大年三十已写了二十多篇，我跟家人亲戚开玩笑说：今年我要出一本书。于是就这样一路写下来了，多半在睡觉前写一个。

写完一百个时，真的想出书了，其实在写作的过程中，更深切地感受到我们的现实社会中存在太多的不完美，信仰缺失，拜金主义，追求权力，价值观扭曲，人性虚伪，迷茫浮躁的现象相当普遍，真的有必要梳理梳理我们的思想及观念了！我写的东西往往有感而发，一气呵成，有知识性的内容，有国际关系考量，有论点有分析，有时评有散文，有严肃的评论也有轻松诙谐嘻笑怒骂，不想议论时就写首小诗自娱自乐。只是想用平淡的语言讲一两个浅显的道理，转发到朋友圈也得到很多"赞"，有的朋友说：你写的东西每篇我都认真看过，颇有同感，顶你！有的还转发到他们的朋友圈，让我很感欣慰。但鉴于本人文学素养不够，理论水平不高，分析难免有失偏颇，言辞难免偏激，评论难免感情色彩太浓，还望读者批评指正。

回顾这三个多月的写作，有感慨有激动有忧虑有希冀，更是乐在其中。在此，我要感谢池芳女士最初的鼓励，没有她的鼓励及提醒可能就不会有这本书的出版。感谢张硕先生及编辑们为本书付出的心血，还要感谢庄睛阳小朋友一篇不漏的点"赞"，我对她说：你也写点东西，下次咱们一起出手写版的，她回：好！还附上好几个开怀大笑的表情……

我还会写下去，也希望更多的人和我一道感悟人生感悟社会冷暖感恩亲朋感恩大自然，相信我们的未来会更美好……

2014 年 5 月 6 日

庄武　于福州

目　录

论善与恶

人生感悟之 1

还是想把这个主题作为我自己的第一个人生感悟，三字经第一句"人之初，性本善" 是缺乏科学性的，不科学也就是错误的，而应该是"人之性，本遗传"，遗传的力量无比强大，所谓种瓜得瓜，种豆得豆，遗传是内因，社会自然因素是外因，本末不可倒置。按照统计学理论，真正善与恶各占两端百分之一至五，是一个正态分布曲线，这百分之一的善就是极善良，我妻子就在这个范畴，我和她比较，只能算六十分，受她影响分数逐步升高。反之，百分之一的恶是极恶，比如……

实际上善与恶是难于根本改变的，上周看过一个论少年犯罪的辨论会，很同意一个学者的观点，认为那种令人发指的少年杀人犯罪，出狱后给他新的身份重新生活，但后来又再犯同样的罪恶，不可改造，其实那是一种生理心理性的疾病。

当然绝大部分人是处在中间，外因起一定的作用，比如在好的社会环境中，人性恶的一面就被压抑，不敢表现出来，当然时间长了还是多少会表现出来，所以要擦亮双眼，认清善恶。恶是恶，善恶不分更可恶，一个善恶不分的世界多么可怕，它会让善

良越来越弱，邪恶越来越多，更重要的是我们要有一个好的社会
环境，让善良充满世界，明天才会更好！

四季之绝美

人生感悟之 2

四季之美无时无处不在,而绝美的时刻你可能会感受到心灵的悸动。

春天的中午　当温暖的阳光波动着与漫天的柳絮随风漂浮,你是否感受到包裹你全身的灿烂和微薰的迷离。禁不住问:这是凡尘还是仙境?春风是乱的,齐胸高的乔麦像海浪一样翻滚着,乔麦花会让你想起隔壁班那个女孩身穿的碎花衬衫,是否让你想起青涩的初恋,可惜我没有这样的初恋,但想象是无限的⋯⋯。别忘了一定去垂丝海棠树下走走,那开花的灿烂和落花的悲壮同时进行着,是否让你回忆起暗恋的渴望?失恋的痛切?

夏天的傍晚　风从腋下掠过,世界的喧嚣和内心的浮躁平静了很多,太阳落下了,天空还很明亮,无声地告别天边的云彩,等待无黑,如果你呆在一个小山村,那是的寂静如一粒种子静静地等待发芽,一块儿等一个故事吧。夏虫肯定不甘寂寞,那就开一听啤酒,和夏虫一同放歌何妨?再捉一小瓶荧火虫当电灯泡如何?

秋天的下午　在半山坡的草地上躺下,草儿已经黄了,但仍然茂密，手枕着脑袋，静看云舒云卷，象油画一样定格在空中，湛蓝的天空是否让你感到心灵和宇宙一样深邃……，哇！胸腔被荡涤得空无一物，无法呼吸……。如果还能看到远处一个牧羊女在伫立，你是否预感可能有一个故事会不期而遇？起风了，凉意很深，该回家了，别忘了牵爱人的手，漫步在种满银杏树的小道上，随意拾一片银杏叶，夹藏在共同的记忆里……

冬天的清晨　早早起来，还没有人烟，此刻整个世界凝固在雪原柔和的曲线里，干爽的冷贴在脸上，哈一口气，就像刚出笼的馒头热气腾腾蔓延开来……。并不想踩出脚印，但很想轻轻地听踏雪的声音，心灵的平静已和大自然的宁静融合飘散在无风的空气中……

美哉四季，让我满怀感恩……

论生活与人生

人生感悟之 3

生活与人生，两者似乎是一码事，似乎又是两码事，可能因人而异吧。生活是名词，也是动词，生活的定义是什么我没去查阅，我下的定义是"人活着的过程"，现实状态，平淡无奇之感，更简言之"活着"，好的生活可以看成"生动地活着，精彩地活着"，不好的生活相当"生气地活着，难过地活着……"。而人生是名词，常常与理想，梦想，追求，生命价值，命运，人生目标等等联系起来，抽象状态，虚无缥缈之感，也下个定义吧，按字面"人生活的不同状态"。

美好的生活往往意味着幸福的人生，其实生活本身就是衣食住行而已，财富再多也是一日三餐，房子再大一个床榻也可容身，地位再高也是十年二十年的有效期。人生短暂，在历史的长河中也就一瞬间，年轻的时候多谈谈人生，追求理想，实现人生价值。中年以后强调生活质量，追求幸福感。老年以后儿孙满堂，追求长寿，这也是生命真正价值回归。

所以，人生也就这么简单，用不着那样急功近利，不择手段，甚至放弃原则和道德底线，该是你的就是你的。生活嘛，从容些，悠着点，多感悟大自然，感恩亲朋，你的人生也必定精彩纷呈。

论爱情

人生感悟之 4

问世间情为何物？敢叫人生死相许！这就是爱情了。爱情是永恒的话题，古往今来，李清照陆游苏轼的词，曹雪芹的红楼梦，徐志摩席慕容的诗，都是爱情的极致表达。而我体会得到却写不出，但我要从医学科学的角度来剖析爱情。

先让我从科学角度给爱情下个定义：爱情是人体分泌的雌雄性荷尔蒙作用于自身产生的生理心理行为的一系列综合症。置身爱情中的人，尤其少男少女，无论情感，思维，体能都处于亢奋状态，心中充满幸福，感觉世界无比美好，这是一种美妙的体验，几乎每个人都要经历，可惜研究发现血清素只能维持半年左右，一般不超过一年半，一切又回到原点。凄美的爱情故事如罗蜜欧朱丽叶，梁山伯祝英台，宝玉黛玉……甚至让人泪流满面，唏嘘不已，但现代快餐式爱情似乎更符合科学理论。但人是最高等生物，有最丰富的情感，还有爱情的滋润，都说一日夫妻百日恩，恋爱差不多了还是结婚吧，时间太长恐怕难免移情别恋。如果生了孩子那夫妻便是亲人了，一日夫妻一辈子亲情，亲情怎能随意割舍？

只有一次爱情足矣，有几次也无妨，但一定不要伤害到你爱的人爱你的人，爱情的过程是爱自己更爱对方，不是吗？

悟春

人生感悟之 5

春天是最美好的季节，那能不能把春季多分几个时段多感受感受呢？

初春　　前两天到北京出差，那里还冬着呢，昨天回到福州顿感暖意，好像突然发现竟满眼绿意，今走在南江滨路上，看到刺桐树已半树翠绿，刺桐花也盛开了，怪不得也叫圣诞花，圣诞节时就开了？这个时候北方还冰天雪地，北京第一场雪还没下来呢，而南方已有春意，就算初春了吧。

早春　　看到小区路边的山茶花苞早就坠满枝头，春天在里面潜伏一段时间了，记得往年山茶花开的时候还寒着呢，没关系，这已是早春了。

盛春　　总觉得报春花名不符实，可能在北方是符实的，当报春花盛开的时候，北方也有些许绿意了吧，春节刚过，春风烈还有点刺骨，已是盛春了，这时候南方已是百花齐放了。

末春　　正月十五刚过，春分时节是北方真正的春天，绿意盎然了吧，而南方已翠绿和深绿共染，赏花已毕，当三月份的阳光不加修饰直刺刺扎在你脸上的时候，请脱去外套，准备热情地拥抱初夏的热情吧！

论民风与文化

人生感悟之 6

本来想论习惯与文化，今天和表妹表妹夫一同到乡下（位置在山上），感受乡下质朴的民风，与儿时的记忆没有二样，感触颇多，便改了论题。其实也是一回事，习惯往往认为是个人的，也是由家庭，生活环境继承；潜移默化而产生的。一个家庭的习惯可以看作为家风，一大群人或家庭的习惯就是民风了，一个民族或国家的习惯就是一种文化，同意这个观点吗？

小时候（六七十年代吧）时时都能感受到纯朴的民风，尤其春节前杀猪宰羊，过年的序幕就拉开了。天刚蒙蒙亮，那头养了一年多的猪啊，几声凄厉的嚎叫打破了凌晨的宁静，起床后看到屋前空地上支了一口大锅，热气腾腾，那头能吃能睡的大胖猪已被褪了毛躺在一块门板上。后面的事可多了，分门别类处理，亲朋好友都来帮忙，真热闹，听说有的地方还放鞭炮呢，小孩子们在旁边流着口水看热。，晚上大口喝酒，大口吃肉，完了每人带一小块肉回家喂娃娃，这就是质朴的民风了。

今天表妹夫的朋友不但杀猪还宰牛宰羊，杀鸡杀鸭，分门别类，家家有份，收获颇丰，年货都解决了，大家都开心极了。山羊被宰杀前咩咩可怜地叫着，连在旁边凑热闹的狗狗们都表情凝重，心情沉重的样子，让人不觉唏嘘……。郑重建议杀猪宰羊牛前先行全身麻醉！

　一回到城市就好像回到浮躁的社会中，强烈的对比呀！城市一定要这么浮躁吗？好的习惯就不能发扬光大吗？值得我们思考，形成不好的习惯也将产生不好的文化，不是吗？

论人与动物

人生感悟之 7

　　昨天涉及到，还有话想说。人也是动物，只是因为最高等，便称之为人。人是宇宙的精灵，自从有了人宇宙便不再寂寞，我们已经能看到宇宙诞生初期的样子，也能看到染色体上的遗传密码子。但动物何尝不是宇宙的奇迹，它们在人类之前的几亿年就游荡在浩瀚的地球上，它们的存在让世界更精彩更美好。

　　其实可以说没有动物便不会有人类的诞生和存在，人类真应该感恩动物，还好保护动物已经是全球的共识，但实际上人类做的远远不够，那句豪言壮语"中国人啥都敢吃"在别人看来完全是鄙视，嘲笑和愤怒。当然完全吃素也不现实，怎么吃荤呢？猪是养猪人辛苦喂养，让它吃好睡好，应该的，人们对牛羊没做多少事情吧，况且它们吃的是草挤出来的是甜美的奶啊！牛马还要干重活，人类对它们好一点不应该吗？这决不是伪人性，是真慈悲！如果我是人大代表或政协委员，一定会提交一个宰杀动物前安乐死的提案，其实也很简单，宰杀前让它们吸几口笑气，让它们在睡梦中愉快地去为人民服务……

　　哎！还是少吃肉吧，吃素不会死人的，应该善待动物，还可领养宠物，它们还会带给你欢笑呢。哎！哎！当人性的光辉照到世界的每一个角落，当慈悲的胸怀拥抱整个世界，那将是多么美好……

论聪明与智慧

人生感悟之 8

一般人把二者看成一回事，非也，聪明不能代表智慧，而智者不一定很聪明。上次听表妹不知哪儿学来的一个比喻，觉得非常贴切，与大家分享：聪明就像一辆完美的汽车，名牌产品，外观漂亮，发动机好，动力强，轮胎内饰喷漆都好，可以说完美无缺，而智慧则是把这辆好车行驶在正确的道路和方向上。这个比喻够强悍吧！我们说某某聪明，往往是指这个人脑子灵点，反应快点，嘴巴巧点，下手快点，爱表现点，这都不过是小聪明，常说上天是公平的，小聪明的人往往方向感不好，常常误入旁路，爱钻牛角尖，而且自恃聪明，钻进去后打死都不肯出来，所以小聪明难于成大器，纵观历史亦是如此。如果误入歧途，难免害人害己。

所以选择道路和方向更为重要，就算不太聪明也可能具备点小智慧，而大智慧除具备上述两个条件外，还要路况好，燃料足，天气好，路边绿化好，风景好等等因素，最重要的是具有宽厚仁慈的胸怀，善良的本质，必成大器！以我对习总的点滴了解，总感觉是真命天子，是百姓可以寄予厚望的……

论思维方式

人生感悟之 9

这个论题归到哪个学科？逻辑学？哲学？倒也不重要，每个人的思维方式都不会完全一样，甚至千奇百怪，但以我个人的思考其实不外乎两种：归纳型和演绎型（也是正态分布的两个极端），演绎型（发散型）思维就像一棵树，一个主干（论点或主题），向上分出枝枝桠桠（论据），思维方向是至下而上，而归纳型是完全反过来，自上而下。当然绝大多数人不会这么典型，而是综合的，只是偏此偏彼，偏多偏少而已。

为什么要思考这个问题？本人觉得搞清楚自己的思维方式非常重要，它跟我们选择从事什么职业关系重大。一般来说归纳型思维适合从事评论员或者高度专业的职业，如医师律师需要从论据至论点的思维方式，比如医师，如果是偏归纳型就容易从各种症状体征及检查结果中分析出最后正确的诊断。而发散型思维恐怕会剪不断理还乱了，甚至云里雾里一团浆糊，如果学了医又发现是发散型思维，那就象鲁迅弃医从文吧，因为这种思维最适合当作家，那些枝枝桠桠就是一个接一个故事，那么多故事合起来就是一部巨著啊！

论道德

人生感悟之 10

这本应该由道德典范来谈的话题，但如今现实社会上的确有一种怪象：道德这个词汇变得好像很神秘很敏感，避而不谈，谁要谈道德别人似乎都用看怪物似的眼光看他，一个真理常常被几个人轮番轰炸着，甚至嘲笑着，似乎不道德的行为，恶毒肮脏的语言才能显示他们不是伪道德，伪高尚！还看到听到不少大声辨论，认为道德没有标准，是为行不道德而不用忏悔的借口吗？我觉得这种人说的不是心里话，用句成语来形容：自欺欺人？掩耳盗铃？我们社会的道德观真的被颠覆了吗？不可想象！因此作为一个中国人，一个老百姓，忍不住要说几句。

中国几千年的文明历史历来注重道德，德高才能望重，厚德可以载物，"道德经"不算道德标准吗？胡总书记"八荣八耻"也算是基本的公共社会道德标准吧。其实每个人的心里都有道德标准，可能层次不同而已。那为什么会有前面说的那些怪现象呢？我想主要根源是信仰缺失，物欲膨胀，拜金主义泛滥。

都说现在国人没有信仰，其实没信仰倒还可以培育好的信仰，而信仰金钱和权力才是真的恐怖，为了金钱和权力可以不惜切!哪里还有道德标准行为底线？ 而如果没有其他制约邪恶的信仰和力量，邪恶便如洪水猛兽了。一些道德沦丧的邪恶没有得到应有的惩罚，必然导致更多的道德无力，道德淡漠，继续发展将导致道德缺失，那才是真正没有了道德这个概念，那将是比动物界弱肉强食更加恐怖更加邪恶的景象！中国人，中国的管理者该警醒了！这需要一场全民的战斗！

论酒

人生感悟之 11

酒，久矣，得意失意饮之，开心忧愁饮之，欢聚别离饮之，有事没事也饮饮之。"对酒当歌，人生几何？"道出了人生豪迈，"劝君更进一杯酒，西出阳关无故人"让人感受了荒凉悲壮，"古来圣贤多寂寞，唯有饮者留其名"显示出饮酒后的张狂，"浓睡不消残酒，试问卷帘人却道海棠依旧"闲适慵懒而有诗意。

酒，何方神器?乙醇也，工业上谓之工业酒精，化学品，医院里谓之医用酒精，消毒剂，用来喝名堂就多了：白酒、黄酒、啤酒、葡萄酒、白兰地、龙舌兰酒……，多了去，林林总总恐几千种，还形成了酒文化，产生了几个酒圣酒仙和无数酒徒酒鬼。中国的酒文化不必多说，那么多诗词美文可以佐证，而西方的酒文化，尤其法国，"高端大气上档次，低调奢华有内涵"，见过350万美元一瓶的酒吗？瓶身用黄铂金镶钻，不知是卖酒还是卖瓶子？酒不是拿来喝的，是拿来品的，像模像样，不就是葡萄酿的酒吗？也有好酒之徒，像俄罗斯人，叶利钦和普京也不例外。朝鲜的金家酒窖里珍藏了一万多瓶好酒，不知道金老三是不是酒徒，如果是的话那世界就更危险了。

　　当然还是要尊重文化。酒后诗兴大发，灵感如黄河之水奔流不息谓之酒圣酒仙，而酒徒酒鬼只是好酒，有点生理心理依赖，问过一好酒之人为什么喝酒，答曰好睡觉，仅此而已，当然大部分人只是用来增加生活情趣或庆祝活动。只是当今酒文化被赋予太多的含义！就不一一而论，现在喝酒的特点是狂喝豪饮，这就不好，适量饮酒有益健康，但喝醉喝吐说明身体承受不了，提抗议了。酒精对中枢神经的作用是先兴奋后抑制再麻痹，适可而止才能妙语连珠，增进交流，烘托气氛。好了用一句诗来结束吧"一壶浊酒喜相逢，古今多少事都付笑谈中"。

论中国文学

人生感悟之 12

大概十年前看过一篇文章，可能是文学评论，说中国文学已经死了，这话在十年前讲真的很大胆，但本人颇有同感，他可能是指数十年来我们都没有什么文学巨著或文学大家。还好十年后外国人给我们的莫言颁发了一个诺贝尔文学奖，这个奖颁得无比正确！虽然让国人吃了一惊：莫言是谁？国内给他颁过什么奖吗？这反倒反映了国内文坛的问题，以及文坛之外的问题。

莫言的获奖让中国文学活过来了？其实不是死与活的问题，而是为什么会是这样？民国时期，大概上世纪二三十年代倒确有一大批文学国学大师以及相当多的名著，以后便是战争时期。解放后曾经有一段百花齐放的文字创作时期，但时间太短，之后文化大革命还谈什么文学？改革开放初期有"伤痕文学"火爆了一阵子，便被之后并延续到现在的经济大潮淹没了。都去追求物质，满世界浮躁，哪还有什么文学？看现在的网络文学，惨不忍睹，那也能称之为文学？文学是精神层面的东西，需要静心创作的。看来问题的根源找到了，也因此感谢莫言，向莫言致敬，看过他的一个演讲稿，可以感受到他的质朴纯粹，是一个能独立在物欲世界之外鹤立鸡群的人，一个高尚的人，一个能静心创作的人，相信他还会有更精彩的作品。要让中国文学活起来就要有很多像莫言这样的作家、学者、诗人，什么时候呢？……

论完美与唯美

人生感悟之 13

完美与唯美，若不加思考，似乎都是追求美的结局，所以差不多是相同或相似？谬误也！ 其实二者大相径廷，甚至差之千里，差在何处呢？就在追求"美"的结局的过程中。

美的结局不外乎指追求到了爱情，事业，财富，人生价值，幸福等等……。先论爱情吧，两情相悦，完美主义者常常把爱情看得至高无尚，把两个人的爱情当作一个人的梦想，追求灵与肉的完美统一。当出现认识上观念上情感上矛盾时，他（她）便会感到挫折苦闷痛苦，可能还痛并快乐着，梦想着，苦恋着。所以完美主义者的爱情往往不但可歌，更可泣，不易啊！历史上现实中那些个惊天地泣鬼神的爱情故事都是完美主义者爱情的演绎吧！而唯美主义者恐怕看对方漂亮或富家子女或某方面的原因符合他或她追求的目标便奋不顾身了，有区别吧？或者说他追求的并不是对方的感情而是面容躯体或其它东东，如果再遇到更漂亮更优越的照样可以再次奋不顾身，所以这种唯美的爱情是自私的，甚至龌龊的，美从何来？

再说说追求财富地位吧，完美主义者讲君子爱财，取之有道，这个道是指方法能力智力，是指通过自己的能力合理合法获得财富或地位，如果参杂了不当手段也会觉得不完美而痛心疾首，所以经常只能放弃，只是为了完美！而唯美主义者想要获取财富地位是不管用什么手段的。只要能达到目地，可以不顾亲情友情道德原则，而且有不达目地誓不罢休之气慨！这完全是道不同不相为谋，一个天上一个地下，您选择哪一个呢？

思念

人生感悟之 14

我想　把思念飘散在空气里

　　　　　伴着你每一次的呼吸　　悄悄地

　　　　　进入你的血液

　　　　　每一个细胞里

我想　把思念揉入风中

　　　　　在你不忙碌的时候

　　　　　吹到你耳畔　轻轻地

　　　　　　告诉你　我的思念　　我的渴望

我想　把思念溶入水中

　　　　　在你沐浴的时候　偷偷地

　　　　　聆听你的呼吸　你的心跳

　　　　　感触你的发丝　你的体温

我想　把思念放在你的枕芯里

　　　　　在你睡着的时候　静静地

　　　　　看着你的梦境

　　　　　感受你的情愫

我想　把思念刻在你屋前的树上

在你闲适的时候　　默默地

看着你悠闲的身影

在余晖中　走来走去

可是　你的静默无声

凋零　我满树的菁绿

受伤的思念　　落了一地

只好静静等待　　下一个春季

论责任感

人生感悟之 15

对于责任感，肯定有不少经典的论述，而我仍感觉有议议之必要，尤其对怀春的少女们。都说嫁人是女人一辈子最重要的事，嫁什么样的男人，你的选择将决定你婚姻幸福与否。那哪方面的选择最最重要呢？按我的意见责任感最最重要！

人类不外乎男人与女人，男人是人中之龙（没有性别歧视的意思），担负着社会、家庭、经济、工作之重任，古人所谓修身齐家治国平天下，主要针对男人而言。这可不是大男子主义，男女本身有别自勿须讨论，分工亦不同，男人不会怀孕生孩子吧。在现实中的大部分婚姻关系中，男人在社会，经济领域承担更重要的角色，也应该勇于承担这样的角色。

责任感是一种人生态度，跟性格无关，有责任感的男人坦坦荡荡，敢做敢当，顶天立地！ 在婚姻关系中也是大丈夫。有责任感的人往往自信，有气场，有胸怀，容易成为各方面的领导者，在工作上表现为努力，投入，不推诿敢承担。在生活中表现为果敢决断，尤其面对重要决定的时候，在家庭生活中表现出随和大方。你可能会说上述都是完美男人形象，其实责任感的确能显示男人之美，他可能并不高大伟岸，并非有钱，也可能有很多小毛病，但只要有责任感就肯定不差。

那么缺乏责任感是什么表现呢？往往表现为不求进步，得过且过，工作不努力不投入，马虎了事，还不爱学习，好像是坏学生，的确如此，似乎还没有长大成人。在生活上没有主见，纠结难做决定，不自信喜欢到处征求意见，或者盲目冲动，结果不好或相反又怨天尤人、捶胸顿足。胆小怕事，遇到麻烦就闪，先考虑如何推卸责任。在婚姻生活中表现为自私，出尔反尔还振振有词。整一个差男人形象！无论如何高富帅，接触后就会发现其实脏乱差！

讲得够清楚了，其实鉴别并不难，希望女人都有一双明亮的眼睛，以免后悔莫及！

植数（树）＿＿

论"土豪"

人生感悟之 16

刚刚过去的 2013 年，有一个年度新词汇"土豪"诞生了，随之这个词汇在中国大地遍地开花，一部豪车叫土豪车，一幢豪宅叫土豪宅，主人就是土豪了。颜色属土豪金最时尚，土豪金酒店最牛逼，文字中到处充斥着土豪，据说这个词汇入选英国大词典。中国的土豪们个个扬眉吐气，抬头挺胸，充满着自豪感，脸上挂着傲视群雄，不屑一顾的神情。

这是怎样的场面？这个土豪可不是什么新鲜玩意儿，不就是那个被上一代无产阶级打得稀巴烂的土豪劣绅吗？怎么就起死回生，重新粉墨登场了？历史这么快就被忘却了？接下来是不是劣绅，污吏，牛鬼蛇神也要纷纷闪亮登场了？历史就这么快地被颠覆了？

现在的土豪跟过去的土豪没有两样，也就是钱多，还有的就那点儿暴发户心态，觉得整个世界都属于他，都被他踩在脚下，膨胀啊！ 世界上的一切都是他的，没有人在他眼里？但还被法律，政府管着，欺负人也不方便啊！于是接下来金钱就要和政治权力联姻，花钱弄个官职还最好是执法部门，便产生了权贵，顺便生产了一堆贪官污吏副产品。什么是权贵？就是有钱有权，势不可挡啊！

原来土豪权贵就这么回事，往往没修养没品位甚至没道德没人性，难道有些中国人一有钱就变成这样吗？就不能档次高点，讲点博爱、平等、慈善？学习点贵族精神？为什么就那么喜欢遗臭万年，而不希望留芳百世呢？我倒！

论"年味"

人生感悟之 17

又快过年了，开始有点年味儿了，城市乡下年味不一样，过去和现在好像也不一样了。乡下这个时候开始有零星的鞭炮声，学校都放寒假了，小孩子可以满山遍野乱跑，大人们也没多少事，年货是要准备的。过年前后整个社会都显得特别和谐，大人也极少打骂孩子，又有很多吃的东西，不亦乐乎。城市里这些年年味越来越淡了，放鞭炮有限制专门地点，好像小朋友也不爱放了，电脑游戏更有吸引力。

随着春节临近，街上越来越冷清，各办事部门也清闲了，大家可以家长里短，开开玩笑，学校里不用说过于安静，平时拥挤的医院也人烟稀少，病房里面只剩下重病号，能走能动的都尽量赶回去了。热闹的地方恐怕只剩超市或农贸市场，年货还是要置办的，只是现在城市人吃得越来越少，食物花样越来越多，反而不知道该吃什么了。

随着年龄增长，就越来越喜欢回忆小时候，尤其过年，到了大年三十晚上，到单位食堂凭票领六七份菜（这可是一年的福利），家里也准备很多吃的，先大吃一顿，吃饱喝足后邀几个同学到处闲逛，鞭炮肯定有的，东炸一下西炸一下，也扔水沟里，埋土里，调皮捣蛋的家伙还把鞭炮插进粪便里炸！吓得女同学花容失色更是开心。大点的哥哥或年轻的工人玩的鞭炮更高级，特别大特别响，还有二踢腿双响炮，会飞会尖叫的，主要起吓人的效果。玩够了回家也不想睡觉，陪着守岁。

大年初一起得特别早，觉得时间太宝贵了不能浪费，当然也是被鞭炮声吵醒的。早上吃面条加两个鸡蛋，意谓着考试100分。白天到城镇到处逛逛街，街道路边彩旗飘飘，到处挂灯笼，商店或单位大门口都写着"欢度春节"……。一天很快就过去了，鞭炮声越来越零星，初三的时候好像突然发现时间过得真快，年过完了（那时候只三天假），还会觉得有点失落有点惆怅，又要一个轮回，等下一个年吧……

论欲望

人生感悟之 18

古人曰：食色，性也，在我们小的时候这句话是被批判的，四个字里两个字带有黄色色彩，是封建社会士大夫腐朽糜烂思想的体现。误批了，其实这句话倒是体现了古人们科学思想，说的是：食欲性欲本能也。人的本能除食欲性欲，还有生欲，即生存的欲望，包含活着，长寿的愿望以及传宗接代的欲望，本能也就是与生俱来的最基本的欲望。

其实人生不惜一切为之奋斗也就是为了本能（的欲望）而已，只是满足欲望的程度或好坏各有不同罢了。这么看若本能基本满足，过多的欲望都属奢侈？但大千世界，芸芸众生，特别是现代中国人，恐怕大部分都没搞清楚这个道理，那么不择手段或强迫自己做不愿做的事，倒底为了啥？与天斗，与地斗，与人斗，其乐无穷？拍这个，整那个，防那个，累不累？当坏人，做小人，是不是人？何必呢？欲望高一点无可非议，但人的欲望是无穷的，过高的欲望恐怕就会损人害人，最后还是害自己，欲望少点，幸福感就多点。还是感悟点佛家思想，其最高境界"无欲、心静空明"一般人做不到，知足也是一种境界。"无欲则刚"，这个"刚"

并不是强硬，而是天马行空，自由飞翔……

马上就要进入马年了，鞭炮声已此起彼伏，要过年了少说几句，祝愿全国人民幸福安康，马到成功，思想上，精神上真正的天马行空！

论"春晚"

人生感悟之 19

昨晚看了"春晚"，也没看全，初一早上再看重播，好多年也都这样了。刚才突然觉得该议论议论"春晚"，否则有点儿对不住啊！虽然每年只见一面，三十年啊，陪我走过青年，中年到壮年，老朋友了！也是全球华人的老朋友啊！

"春晚"已是一个专用名词，全称是"春节联欢晚会"，现在只叫春晚，地球上的华人都知道，每年见面后，有的好评如潮，有的恶评滔滔，难免，众口难调啊！其实不用那么挑剔，你就把春晚看成年夜饭的一道文艺大餐不就好了吗？从这个角度看，春晚的确相当不错了，那么多名角大腕，奇人神人配角，排练了那么久，就为了搏您一笑，该知足了。当然，大家评论说明大家关注，重视，喜爱，还是希望春晚年年有，越来越精彩。

回顾当年的春晚，够寒酸，似乎就是在某个单位里的会议厅表演，灯光音响效果差，节目主要是歌舞类，演员化妆也普普通通，晚会时间也短，对了，当时电视机也不普及，大概几十户人家也就一家有电视，九十年代普及起来，春晚的影响才越来越大，场面，灯光音响，演员阵容，节目逐渐改观，近几年更是不能同日而语。但早期常常一首歌就会在全中国热唱半年多，一句台词也会成为流行语，影响之大可见一斑。后来又多了语言类节目也很受欢迎，特别是小品，但这几年有点江郎才尽，而且主配角往往一个聪明透顶，一个傻得可爱，言语间多是贬低，嘲弄，甚至伤害，虽是搞笑，中国观众作为第三者都能接受，但老外却不能接受这种把欢乐寄托在别人痛苦之上。这也是本山大哥在美国遇冷的原因，别说老外不懂艺术，是文化不同。今年的小品"扶不扶"就很不错，反映现实社会现象，其实这个社会现象已经很久了，主持人说的并不到位，并不是要反映好人好事，而是要折射出道德冷漠道德无力（论道德中谈过）的社会现象。

现代人要求越来越高，这是进步，歌舞节目，曲艺杂技，传统的京剧，地方剧种都有精彩的，建议多一些高雅且养眼的作品，多一些让人感动的故事，少一点政治性内容，全球华人都会掂记"春晚"这位老朋友的……

论情感

人生感悟之 20

　　心理学对情感的定义把我自己也弄得云里雾里不知所以，于是本人必须表明态度：情感就是情绪+感情，喜怒哀乐是情感，爱恨情仇也是情感，纠结，郁闷，心痛，懊悔，激动，感动等等等等，也是情感，可以说人的任何心理感受都是情感。照这么说人都生活在情感中？没错，不止白天清醒时生活在情感中，睡着了也一样，你做的梦也有情感色彩吧。

　　研究发现类人猿也有情感，科学家在人和类人猿大脑中发现特有的梭形细胞，认为是负责情感活动的神经元，最近在灰鲸的大脑中也发现这种梭形细胞，而灰鲸的确有表达情感的行为表现，狗狗更聪明可爱，感觉更具有情感，有待科学家去研究。

　　人的情感如此丰富多彩，但也不外乎正面的情感，如开心幸福痛快愉悦感动，负面的情感如生气难过痛苦嫉妒愤怒，中性的情感如发呆冥想或日常工作活动的过程中往往处于平和的情感中。既然人们每天都生活在各种不同的情感中，那就尽量追求正面的情感，如果发现自己处于负面的情感中，就尽量去改变一下，换个角度，换换环境，找点事做做，可能就会不一样。现在人们都在追求幸福感、成就感，如果有可能寻找点感动吧，感动是一种强烈的心理感受，是一种心灵的共鸣，当你被感动得泪流满面的时候，你会感到你的身体心灵都升华到一个美好的境界。如果人人互相感动，那将是多么美好的世界！

感动

人生感悟之 21

我在冥想，时间是什么？

　　十年　二十年　恍然一梦

当看见一片黄叶

　　伴着微风缓缓飘落

我已感觉到　　时间的形状

　　却不可凝固

心灵深处　　怦然一动

我在寻觅　　茫茫人海

　　哪一个笑容

哪一个眼神

　　哪一个故事

也许　并不相识

　　心灵深处　怦然一动

我在等待　　天籁深处

那个熟悉的声音传来

当我从世界的浮躁中归来

古老的风从额前掠过

我能否穿越　　到你的从前

心灵深处　　怦然一动

我在倾听　　当夜深人静

窗台上花儿绽放的声音

窗外流星呼啸而过

是你吗　　夜不能寐

心灵深处　　怦然一动

当不知名的种子破土　　在晨风中傲立

谁来守望它的未来

当我在昏暗泥泞中跋涉

渴望谁的呼唤

当我凝视你无邪的双眸

你能否告诉我　　你的感动

心灵深处　　怦然一动

我已敞开胸膛

　　让惊涛骇浪荡涤心扉

当你的感动向我扑面而来

　　我已泪流满面　　毛发悚立

灵魂悬空而起

　　此刻我已经

看得到　　爱情的颜色

　　触得到　　你的温柔

论信仰

人生感悟之 22

信仰这个东西，多与宗教相关联，不敢随便议论的。前不久在微信里看到白岩松写的"寻找信仰是当今中国的重要命题"，讲得很好，其实关于国人缺乏信仰是早有议论，本人也说过"没有信仰还可以培育好的信仰，而信仰权力和金钱比没有信仰更可怕"，不是吗？关键在于如何培育好的信仰，不是由谁说了算，甚至不是一代人两代人的努力就能实现的，可谓任重而道远啊！

信仰多由宗教或意识形态产生，纵观全世界的宗教绝大多数教旨是好的，弃恶崇善，只是有的宗教教规太严历，甚至残酷，那就反倒违背其教旨了。而西方的宗教如基督教天主教就没那么多教规，那是一种发自内心深处的信仰，是从小在这种文化熏陶下潜移默化形成的、进入潜意识的信仰，比如说信仰上帝，现代科学相信有上帝吗？但做为个体他们的潜意识里是确信无疑的，这就是宗教，更准确地说是信仰的力量。而东方的佛教，只要你心中有佛，你就算是佛教徒，有人认为说佛教是宗教，不如说是人生哲学，的确你看看那么多惮悟，讲的就是人生道理，教你清心寡欲，舍得放弃，乐善好施，充满人性的光辉！再说信仰共产主义，其实也是美好的信仰，如果我们的社会同心协力去坚持追求，也会有美好的结果，可惜文化大革命把思想搞乱了，金钱和权力的追求把信仰搞没了，搞坏容易恢复难啊！就像环境破坏的治理一样，杯具！

中国的国教是什么？历史上道教，佛教都几经起伏，现在可以明确地说：没有！没有也没关系，并非一定要以什么为国教，民间宗教也很普遍，重要的是要让国民有信仰，对国家民族的信仰，真正让爱国，善良成为国民的信仰，这个民族才真正有希望！

论科普

人生感悟之 23

　　科普就是科学知识普及，我们这一代人小学上的常识，现在叫做自然，都是科普的内容。现代科学日新月异，十年的科技发展可能相当于之前一百年的总和，以互联网为例，十几年前信息浪潮已经让人大吃一惊，但现在的移动互联网才是真正的信息革命，它会让我们的世界天翻地覆，你是否已有"山雨欲来风满楼"的感觉，如果还没有你可能就会被抛弃了。就是这最前沿的科学也充满着科普知识，科普影响着我们生活的方方面面。

　　遥想当年，大概是我国第一颗人造地球卫星成功发射后，全国掀起了科学知识普及的热潮，每天晚上无数人们仰望星空，希冀着人造卫星唱着东方红从天空飞过，激动万分。那时候"十万个为什么"是最热门的书籍，很多家庭都买一套，大人小孩一块看，人人都像一块海绵，如饥似渴地吸收科普知识，了解大自然的奥秘，大海的广袤，太空的深邃，都吸引着中国人，激励着求知的热情，启迪人们的智慧。那时候科普宣传栏到处可见，公园门外，街道边上，工厂单位里，尤其在学校、医院里……

　　后来，不知从何时，大概自从全国人民一致向钱看开始，科普渐渐淡出我们的视线，科普宣传很惭愧地自己发现不能马上地创造财富。当人们在金钱的海洋中奋力搏杀的时候，科普消失了。于是，人们除了赚到了金钱，知识却越来越贫乏，再于是，一半以上的人们不知道如何正确刷牙，更不知道牙周病会引起其他许多疾病。更多的人们不知道普通感冒是自愈性的，一感冒就要上医院，还要上大医院找专家，然后排队挂号，排队就诊，检查取药……再然后抱怨看病难看病贵，吃饱撑的！好好休息多喝水不就行了？国人应该惭愧，中国的媒体更应该惭愧，都干啥去了！没有知识哪来素质？别忘了知识就是力量，知识就是智慧、财富！

爱的颜色

人生感悟之 24

有时　　我的爱情是蓝颜色

　　有天空一样的深邃神秘

　　有湖面一样的温柔涟漪

有时　　我的爱是红颜色

　　有火一样的热情奔放

　　有阳光一样温暖如春

有时　　我的爱是橙颜色

　　像一只小金魚

　　奋不顾身　　跳进你

　　冰凉的一池秋水　　只为了

　　增加一点温度　　几许浪花

有时　　我的爱是紫红色

　　有玫瑰的幽幽芬芳

　　有紫罗兰的端庄大气

有时　　我的爱是银灰色

　　有乌云密布的忧郁

有宇宙一样的无边无际

有时　　我的爱是藏青色

　　像高原的天空一样神圣

　　像青海湖一样深沉……

如果　　我的爱像七彩之虹与你相遇

　　我愿放弃所有颜色　　只要

　　慢慢靠近你　　触到你的爱情

如果

人生感悟之 25

如果我开心

　　请放一曲音乐　　与我共舞

　　想说什么说什么

如果我伤心

　　请坐在身边

　　牵着手　　听我诉说

如果我忧郁

　　请给我一杯热热的巧克力

　　不一定要说什么

如果我沉默　　你也不用说什么

　　一起去散步吧　　我会跟在你后面

　　也许　　有话要说

如果我失意

　　请允许我点燃一支烟

　　透过青烟　　我会看到人生的真谛

如果我激动

请给我一把吉他

让我在对与错之间　　弹奏潇洒

如果我感动

请斟两杯酒

让我们　　一起飞翔

也许前面　　有一个传说

如果我无聊

请给我温饱

让我在天与地之间　　不知所措

哦　　也许我只想在你身边　　从不走远

论鲁迅精神

人生感悟之 26

中学的语文课我只记得鲁迅先生的杂文了，其他的内容一点点印象都没了，那时正是文化大革命后期，都是无产阶级专政，批判孔老二，反击右倾翻案风，这些东西已经在历史的尘埃里了。但鲁迅的文章始终没忘，他描写的那些人物依然栩栩如生，他对中国民族劣根性的揭示和抨击，让我们整整一代人都看清了民族性中的糟粕，从而发扬我们的民族精华，激励我们的民族精神！

然而，在经济发展的大潮中，鲁迅被追逐财富梦想的国人遗忘了，冷漠了，更有甚者，有人要把中学语文课本中鲁迅的文章逐步删除！让人禁不住怒发冲冠，拍案而起，大喝一声：你们想干什么？！看了微信中转发的文章"鲁迅终于滚蛋了（于义海先生推荐）"，一看到题目吃了一惊：哪个王八蛋敢让鲁迅滚蛋？让他先滚蛋！看了内容后才拍案叫好，多久没看到这么痛快淋漓的文章了！本人转发了几次，再转发的人却不多，我要再次呼吁：转！转！转！

感谢于义海先生推荐了这篇文章，更感谢没署名的作者，让人们知道有人想偷偷地把鲁迅精神从中国人民的精神阵地上消除掉，这些人是谁呢？看完这篇文章你就知道了！

曾记否？毛主席说过鲁迅精神是我们民族的脊梁骨，是我们民族文化的一面旗帜。如果这面旗帜倒了，意谓着那些被鲁迅批驳得体无完肤的民族劣根：假洋鬼子们，资本家的乏走狗们，赵七爷们，土豪劣绅们，牛鬼蛇神们，还有可怜的阿Q们，孔乙己们，祥林嫂们都复活了，重新登上历史舞台在中华大地上尽情表演，那是怎样的场面，惨不忍睹！情何以堪啊！

同胞们，转起来吧，一个敢于面对自己身上流脓的伤口并把它彻底清除的民族才是真正有希望有前途的民族！借用鲁迅先生说过的"真正的勇士敢于面对惨淡的人生和淋漓的鲜血……"。

向莫言先生致敬

人生感悟之 27

当莫言获得诺贝尔文学奖提名的时候，我和百分之九十九点九的中国人一样，吃惊地问：莫言是谁？他的书我一本也没看过，一个书名都不知道，也怪咱们不关注文学，但也看得出来他的作品在国内不受待见。属于怀才不遇，满腹牢骚的文人吗？后来在电视上看到他的真面目：平凡质朴，语气平和，敬佩之心便由然而生了。

后来，看了微信上传的莫言在日本的一个演讲稿，还有前几天看到他的文章"虚伪的教育"，敬仰之情也油然而生了。是不是太简单了点？这么容易就被感动了？是的，我有点感动！因为在近一百年中，敢于揭示批判我们民族劣根性的文人少之又少，鲁迅算第一个吧，他杂文中塑造的众多人物中国人都很熟悉，而且现在还生动地活跃在我们的周围！过去看鲁迅的杂文，似乎所有故事都是在黑夜中，中国人民不会愿意生活在黑暗中，文人们就要有"横眉冷对千夫指，俯首甘为孺子牛"的鲁迅精神，敢于评论，监督，批评时政。第二个算台湾的柏杨吧，有文章评论他批驳民族劣根性更尖锐，更猛烈，他的书在台湾都是禁书，何况大陆，还是可以看看。 第三个算刘亚洲将军吧，看过两篇文章（也是微信上），敢讲，也很客观。

还有谁呢？我认为就是莫言了，他在日本（"东亚文学论坛"）的演讲稿中，用平和的语气，引经据典，谈古论今，讲述了中华文化中有关礼仪道德的故事，也直接了当地批评现实社会中过于追求物欲权力，急功近利，浮躁的社会现象，很好的文章（据说没有公开发表），值得一读。另一篇"虚伪的教育"被评为年度最尖锐的文章（亦没发表），用同样平和的语气指出我们当今中学教育的失败之处，观点清晰，论据充分。其实不止是中学，小学大学呢？教育的失败意谓着什么不言自明。就这两篇文章就值得我向莫言致敬，透过平凡无华的外表，我可以看到他质朴的个性，高尚纯粹的品格，我甚至断言：莫言能把我们这个时代的故事写成一部巨著并再次获得诺奖，你信不信？

论人生

人生感悟之 28

上次在"生活与人生"中粗略议论过人生，自定的概念，文字游戏而已。其实人生就是从出生到死亡的过程及所做的一切，简而言之：一辈子。一辈子不算短，虽然不能跟乌龟比，在动物界也排名在前，也不算长，取个上限平均八十年而已。 每个人都有不同的人生，但我归纳起来不外乎"三观"，即世界观，人生观，价值观。

世界观就是你对自然世界的感知了解和认识从而形成的观点。说到世界观你首先要感恩大自然，大自然给我们提供空气，阳光，水和食物，每天吃饭前祈祷感恩真是个好传统。我们生活在这个银河系最美丽的星球上，这个最适宜生物生长的地球美丽得令人窒息、感动，我们能用五官，甚至全身心去感知认识它，并通过人类的智慧向它索取更多的东西，但若因此而破坏它那真是不可饶恕。我们的科技越来越发达，但对自然环境的破坏也越大，请站在宇宙的高度，摒弃所谓全球竞争与发展，慢点再慢点，我们拥有的已经够多了！

人生观就是你对社会的观察了解和认识从而形成的人生观

点。社会发展到现在已经太复杂了，尤其中国五千年社会历史，但复杂并不可怕，有规则就好办，这个规则就是法制社会，否则不堪设想！现在国人人生观的中心思想就是一致向"钱"看，我们教育的失败就是没有树立国人良好的人生观，当然不能完全怪罪教育，社会本身的影响力更大。就算是忧国忧民吧，呼吁树立正确的理想和人生目标，培育善良高尚的人格，维护社会公平正义，才能逐步形成良好的人生观，要尽快行动还来得及。

近几年常提到价值观，较抽象，科普一下：价值观一方面表现为价值取向，价值追求，凝结为一定的价值目标。另一方面表现为价值尺度和准则。个人的价值观一旦确立，便具有相对稳定性。价值观其实是人生观的一个方面，简单地说也就是你准备为世界，为人类社会奉献什么？想得到什么？你首先要树立自己的价值取向和追求，并朝着这个目标去努力。人来到这个世界其实是偶然的，但死亡却是必然的，因此顺其自然吧，但愿国人的价值观不再是财富和权力，而更多的是平等，自由，博爱……

论"高考"

人生感悟之 29

　　高考就是普通高等学校招生全国统一考试，从 1977 年算起，高考已经历了三十七年的风风雨雨，那个让无数莘莘学子含辛茹苦十二载寒窗苦读孜孜不倦奋力拼搏命悬一线努力追求的理想事业前途未来甚至爱情财富的灯塔，曾经闪耀着迷人的光辉，牵动着亿万中国人的心。到如今它的光芒开始减弱了，从数据看自二０一一年开始，高考的拐点出现了，高校招生人数与报考人数基本持平，以后前者逐步高于后者，也就是说参加高考都能上大学，高校越来越招不满，要竞争生源了。

　　曾记否？两天高考的壮观场面，道路戒严，警察全部出动维持秩序，成千上万的考生涌入考场，比考生还要多的家长在考场外翘首以盼，祈祷着，从幼稚园娃娃班就开始全家人十几年的努力就看这一搏了。看着考试时间一分钟一分钟流逝，十几年来的往事涌上心头，那滋味呀！痛并快乐着可能是最好的比喻。再过了难熬的半个月后结果出来了，金榜提名者欣喜若狂，名落孙山的扼腕叹息，准备再战。年复一年，中国高考的规模完全可以载入吉尼斯记录而且难以超越！

　　其实高考就是古代科举制度的延续，做为选拔精英人才的手段，在中国古代到现代的政治历史文化上发挥了不可替代的作用，而且考试历来以严厉著称以保证公平公正，古代科考舞弊是要杀头的。现代高考制度恢复后，开始也是严厉的，那时也没有什么作弊手段，只是僧多粥少，高考就好像万人过独木桥，过了独木桥的就是人才，大学生就是骄傲自豪的代名词，一人上大学全家光荣，天之骄子啊！毕业后也是光明大道，国家包分配，被用人单位抢着要，有后台有关系的还可以挑三拣四，想去哪去哪，如今各级领导岗位的都是这拨人。后来，作弊的事件多起来了，如今还发明了特招点招自主招生等另类腐败手段，公平公正大打折扣，扩招后毕业生剧增，就业变成了过独木桥，还得"拼爹"，毕业证金字招牌没了，高考的光环也暗淡了。俱往矣，高考何时该休矣？但路漫漫兮其修远兮！

论中国文学（2）

人生感悟之 30

上次议论的是中国文学的现状，也是为中国文学的未来担忧，虽然莫言获奖为中国人赚回了一些面子，但扳着手指数数当今有几个算得上作家的作家？君不见那几个有点名气的年轻作家成天在那儿互相轻薄抵毁甚至漫骂，靠这个赚取眼球啦。悲哀！是因为内心的浮躁无法写作？还是我们这个时代没有高尚感人的故事让他们写不出伟大的作品？应该静下心来认真思考思考了。

文学从文字而来，甲骨文是中国最早的文字，用来记录祭祀活动，象形文字，一个字往往代表多个意思。延续到后来的文言文，也是非常简炼，几个字用白话文解释可能是长长的一段，远古时代的文字记录是刻在竹简上，费时费料，所以文言文再合适不过。进一步发展的文体是八股文，这两种文体适合写史记，也就是记录历史。诗词也须简洁华美，还讲究音律平仄，汉字再适合不过，因此古代诗词流传千古。但现代文学作品主要是长篇小说，小说是要刻画人物情节对话，讲一个又一个故事，对话能让人身临其境，之乎者也情何以堪？所以文言文八股文是没法写小说的。难怪我们悠久的历史却没有享誉世界的名著。

再说说我们的"四大名著"吧，西游记就是孙悟空打妖魔，情节都差不多，对话就那些，沙僧就是重复地说三句话"大师兄，二师兄（或师傅）被妖怪抓走了"，其他几个人也如此，小孩子喜欢看，奥特曼，蜘蛛侠，超人都是西游记的现代版本。三国演义的文言文版更象史记，几句话就把一个故事讲完了，水浒人物描写还不错，把三国和水浒用白话文的评书来演绎还更精彩。倒是红楼梦真不错，故事情节人物对话俱全，文字华丽，雅诗美词，美不胜收，"是极好的（书中常用语）"。算最成功的古代文学作品。

我们有那么丰富华丽的文字，用白话文能很好表达人类的一切，应该有伟大的文学作品，我们期待着……

错　失

人生感悟之 31

当你初长成了

错失与你相遇

茫茫人海

何处是缘

当你长发及腰

错失与你牵手

各奔东西

相隔千里

当你面若桃花

错失与你相拥

你婀娜而过　　留下

一路落花

一缕芬芳

当你蓦然回首

错失奋不顾身

你飘然而去　　留下

两行清泪　　一声叹惜

当再传来你的消息

我已无可错失……

论中国皇帝

人生感悟之 32

自从盘古开天地，中国五千年历史产生了多少个皇帝没去统计，上古时代的三皇五帝，那个时候恐怕还只能算是国家的雏形，可能是大型的部落的首领，因为还没有文字，经一代又一代口口相传下来，被神化了的皇帝，是咱们中华民族的老祖宗，暂且不论。

以后的就算正式的皇帝了，少说也有一百多个吧，都可以组建一个皇帝连了。谁最有资格当连长？指导员？排长？众口不一，难以定论，只能从不同角度议一议。

这么多皇帝有的在位几十年，有的几十天或几个月，Why？两年以内应该算短命皇帝，当皇帝的滋味还没品够，皇帝瘾还没过足呢，就是没这个命啊。所谓真命天子，是天降大任于斯人也！一般来说开创一个朝代的开国皇帝应该是真命天子，尤其朝代历时长久的。还有在位时间长的，久经考验，躲枪防剑，无论内忧外患屹立不倒，这也是命啊！还有一种就是本不该是他的，阴差阳错又是他的或本该是他的结果不是后来又被他抢回来。还有一种罕见的情况：就是既不用抢也不用争，这个皇帝人家爱当不当，却又非他莫属，天意也！

这么看也就清楚了，不算多，秦，汉，唐，宋，元，明，清，共和国，这其中秦皇汉武唐宗宋祖一代天娇都被毛主席评论过了，倒是没提明祖朱元璋，是因为都是草根？近代以及现代对朱元璋的历史评价鲜见，其实他真的值得研究，从一个乞丐孤儿到开国皇帝，朝代历经 277 年，绝对是个传奇，从一个文盲到一个身经百战的战略战术家，智慧及精力超级充沛的政治家，亲自主持制定庞大复杂的国家律法，事无巨细亲力亲为，简直神人一个，不是真命天子是什么？这个皇帝连连长必是他！他的 26 个儿子中只有四儿子完全继承他的基因，也是前面提到过的一种真命天子永乐皇帝朱棣，但还是赶不上他爹，最多当个排长。往往一代不如一代，这被认为是世袭制度的原因，其实是因为普遍近亲结婚，基因越来越差所致，没白痴就不错了。

当皇帝时间最长的是康熙 61 年，乾隆 60 年，身体也要好呀。可惜万历皇帝也在位 48 年，做了 30 多年的甩手掌柜，倾心炼丹，想当科学家啊？秦始皇不能不提，统一中国的第一个皇帝，有勇有谋，副连长非它莫属！成吉思汗并非只识弯弓射大雕的武夫一个，当个排长绰绰有余，绝对勇猛善战。唯一的女皇帝也一定得论一论，人才啊！在那个年代一个女人能当上皇帝还稳稳当当二十一年直到牺牲，这绝不是一般的智商，当个连参谋长还有点曲才。另外两个相当于女皇的差远了，吕后主要有手段且残忍，慈禧其实还不错，很多评论不太客观，人家已让光绪单干了，不久就发现别人要革自己的命，才再次出山的，更重要的原因是她所说"大清朝的男人都死光了"，男人多的是但你没看到八旗子弟都在溜鸟逛窑子？

说得够多了，用毛泽东的《沁园春．雪》来结束吧，……俱往矣，数风流人物还看今朝！对了，皇帝连的指导员还空缺着，是谁？你猜到了吗？

又见梧桐

人生感悟之 33

这个梧桐不是树,是一个地方。初到梧桐是在一个雨后的早晨,只是感到一些宁静和悠闲,早春时节,南方的树,就是落叶也不会光秃秃的,总要留着几片在微风中招摇,显露着生命的顽强,也算得美了。

又见梧桐已是盛春,还兼着薄雾蒙蒙的细雨,沿着河边的道路一路前行,风景尽收眼底。两边的群山之间就是这条河,原来称为溪当然水量不大,后来下游筑了水坝就变得深而宽,而且够长,倒有点像湖面了,看上去呈青兰色,已能说明水清而深,水面和四周一样平静,见不到一只小船甚至水鸟,只有微风吹出细细的波纹,这一池春水哟!也可能因为这里地下到处都有温泉,河水表面上缓缓地流着冰凉,暗地里已涌动着春意了!

河边的田地因为水平面上涨而荒芜了,却长满了芦苇,这个季节芦苇也都干黄了仍然挺立着,一行行一片片沿河而上,倒是给这个还有点阴郁有点寒意的季节增添了一抹亮色。一路上散在着小村落,元宵节刚过,大门上的春联还鲜艳如新,村民们还在春节的气氛中休闲着,时间就随着炊烟悠悠地飘散开去……

　　路边和山坡上，李子树花正在绽放，虽不是满山遍野，也是一大片一大片，似繁星点点，似雪花片片，煞是好看。这李花我近距离观察过，虽不比桃花张扬，不如樱花开得灿烂，也没有玫瑰的色彩和芬芳，但也颇有个性，常常一夜过后满树盛开，星星点点，洁白如雪，这也是一种灿烂吧，一个不小心又忽然间集体凋零，无影无踪，也是一种悲壮吧。天生低调，常常在深山中盛开，无人喝彩，只是顺其自然，花开花谢罢了，年复一年，繁华依旧，自赏清高……。这成片成片的李花从眼前掠过，心情已经被陶醉了，我肯定此时若能嗅到一丝芳香，我必醉倒而且毫不迟疑……

　　再往远处望去，峰峦叠翠，近的很清晰，树林茂密得透不过气来，远处的山峦一层层逐渐变淡变模糊了，最后隐没入明亮的天际里，这不就是一幅幽幽的山水画吗？不对，这才是山水，原版的，山水画的模特耶！可惜不是画家，否则必选此地写生……

　　心情渐渐飞扬起来，流连忘返，但天色渐晚，该回去了，当梧桐的花儿，山水，清新，宁静拥抱着我，感觉已经停止了思维，只需就这样感受着，我的身心已在喧嚣的尘世之外……为何不天天拥有?趁我还未老去!……

花儿

人生感悟之 34

花儿开了

无论春夏秋冬

百花齐放　　或者

孤芳自赏

花儿开了

无论古往今来

任你兵临城下

我自桃花盛开

花儿开了

是花儿自个儿的事

无需你的感动

无需你的喝彩

花儿开了

无论白天黑夜

无论阳光灿烂烟雨濛濛

每朵花儿都有自己的故事

独自诉说

花儿开了

无论身在何处

无论芬芳与否

蜂蝶自来　　我自妖娆

花儿开了

无论梦想能否成真

无论心情是否飞扬

你若灿烂　　清风自来

花儿开了

是花儿恋爱了

有心无心　　顺其自然

你若美丽　　幸福自来

花儿开了

无关你我　　无关别人

我仍感动　　我亦愉悦

你若渴望　　缘份自来

花儿开了

无论花期长短

一年一度　　梅开二度

只问来过　　不问结果

花儿开了

花儿落了

都来几许

你已老去

论中国式教育

人生感悟之 35

　　孔子是中国最早的教师，是世界公认的人类第一个教育家，曾教育了三千弟子，其中 72 个贤人。还有后来的孟子，都是战国时代鲁国人，孔孟是中国儒家学派创始人，儒家思想影响着至今两千多年中国的历史和文化。我们刚上小学的时候正在批判孔孟之道，关于孔子孟子的书是没读过的，当时批判的是他们的"仁义道德"，其实他们制定的礼仪道德标准是那个古老时代从野蛮社会转变为文明社会的重要标志，从这个角度看可谓功高盖世！据说春秋战国时代是相当开明的时代，那时候就有如此文明的礼仪道德规范，对照我们现代社会，汗颜啊！难道还不如两千多年前？我倒倒倒！

　　孔孟时代的教育及成果是辉煌的，这以后教育领域的发展却是缓慢的，以私塾为主体，小皇帝太子也有老师称为国师或太子太傅什么的。倒也产生过岳麓书院等四大书院，相当于现在的北大清华吧，也培养过李斯韩非子这样的高人。应运而生的科举制度，有乡试会试殿试，学的考的就是"四书五经"类的东西，为辅佐治理国家选拔优秀人才，所谓"学而优则仕"。

近代尤其上世纪二三十年代，受国外科学社会发展的影响，很多有志人士出国留洋归国，产生了不少学者科学家教育家作家，开启了现代教育之门，建立了大学教育，培养了不少人才，但随后长期的战争，让中国的教育差点半途而费。

谈谈咱们现代中国式教育吧！从幼儿园甚至娃娃班开始竞争就开始了，那句"别让你的孩子输在起跑线上"到底是口号还是广告词？为了做幼儿园孩子们的生意赚孩子们的钱吗？真 TMD 可耻！反正军号已经吹响，战斗已经打响了。老师家长学生开始攀比成绩分数，课余时间也排满了，家长带着孩子到处补课，学习琴棋书画，作文舞蹈……忙得不亦乐呼，跟打仗似的，参加各种比赛考级，小学就搞"数学奥林匹克"，尽早开启孩子的智慧之门。而国外科学研究发现早慧对孩子未来的身心发展是不利的，甚至早慧教育是违法行为。其实这一切不就是为了中考高考吗？甚至也可能是家长们为了争脸面而已，多么可悲可笑！还有那些所谓"教育家"在推波助澜，到处演讲赚取黑钱！该休矣，难怪国外评论中国近几十年没有一个教育家，不相信不行啊！这也是中国式教育大跃进的一个方面，大学的大跃进步子更大，扩招数倍，质量也必稀释数倍，且毕业就业前景渺茫，大学教育堪忧。中国的医疗改革已承认失败（难得！），而教育好像还没有人出面承认失败，还能失败到什么程度呢？

论农耕社会

人生感悟之 36

　　人类从远古的原始社会一路走来,那时候的人类差不多就是群居的食肉动物,逐步发明了狩猎的工具,但狩猎也不容易,饱一餐有可能饥饿好几餐。以后驯养了牛马狗羊,这下好多了,骑着马带着狗在草原上放养牛羊,蛋白质有保障了,游牧民族诞生了。游牧民族的生活是世界上最简单的生活方式,用不着读书,用不着发展和进步,把牛羊养好就 OK 了,且不快哉!这是最绿色最自由最健康最可持续发展的生活方式。正因为它的简单纯粹和自由直到现在还有游牧民族的存在。

　　后来随着人口增长,牛羊肉不够养活那么多人,当然也因为发现并种植植物性食物,人们开始从土地里获取食物并成为主要食物来源,人们依赖土地就只能定居下来,于是农耕社会诞生了。既然要靠土地生存,土地便是最重要的财富,于是拥有更多的土地便是人们最大的追求,首先要勤劳,田地里刨食不勤劳不行,还要节俭,缺一不可,有积蓄后买田地,一代一代积累,终成地主,不是地主的也要努力成为地主,共同努力都是为了共同的目标,因此农耕社会形成的农耕文化便是勤俭节约追求财富,还必须精明会算计，也不可避免产生剥削和压迫，而同时逐渐丧失了游牧民族的强悍勇猛狼性血性……

中国五千年历史同时也是五千年农耕文化，虽然朝代更替，只不过换个皇帝而已，上述的农耕文化特点已打上历史的烙印，也熔入到其民族性中，难怪现代中国人民如此热切地追求财富也就不难理解了。世界已进入信息时代，中国也已经走出农耕社会，但要彻底改变农耕文化中的糟粕还有很长的路要走，而且要清晰的认识自己，壮士断腕一样改造自己，道路是曲折的，前途是光明的……

茶 之 歌

人生感悟之 37

曾经平凡朴素

没有花的炫耀

没有参天的伟岸

也是繁茂的生命之树啊

那嫩绿的新芽

向往蓝天阳光

沐浴雾霭晨风

当采茶少女的歌声飘然而来

你奋不顾身

你义无反顾

是为了另一个永恒？

见你在沸水中热情舞蹈

我感到你快乐着的痛

那是你的生命

再一次绽放

当色香韵味飘然而出

沁人心脾

那是你的青春

再一次辉煌灿烂

论教学

人生感悟之 38

教学是教育的一种方式，是教师的主要工作，本人也有二十年教龄，自己觉得也有资格谈论谈论教学。莫言写的"虚伪的教育"中已谈到教学问题，不外乎教材和师资，的确都有不少问题，教材不谈了，就说师资吧，全国那么多师范大学师范学院师范专科学校，培养的教师应该够用吧，但边远贫困地区小学还是代课老师为主。从高考志愿选择看，师范院校并非热门，毕业生也非最出色，师资亦非最优秀。还有很大一部分并非从事教师职业，更重要的是教师的工作积极性，在现实的经济浪潮中，这是个大大的问号。

教学需要投入，当年徐志摩刚回国任教也是照本宣科，后来逐渐投入感情进入角色，才显露出精彩，沈从文也是如此。教学是学问，教师首先要有学问，这个学问不单是专业知识，还需要与此相关广泛的知识面，才能广征博引，引人入胜，启迪智慧。教学就是传授知识和学习方法以及提高学生的学习热情，当然不同年龄段要有不同的教学方式，形象地来说小学是老师背着走，初中是牵着走，高中是领着走，大学应该是自己走，教授主要是指导，讲述相关领域的新知识新进展。这些说起来没什么深奥，但要做好也不容易。

可能有人说我这是班门弄斧，没错，但回顾自己大学兼职教师的历程仍深感难忘，几乎我每次讲课，学生们都给我热烈的掌声（老师课讲得好是应该的，我们上大学时好像没鼓过掌）。记得有一次我前面好几位讲师讲课后被学生投诉不满，我去刚上完第一节课，二百多名学生齐刷刷起立长时间鼓掌，我反而不知所措了，其实我也就看了课件两遍（自夸了，惭愧），以后每节课他们都给我热烈的掌声，看着孩子们的笑容，目光里闪烁着兴奋，我真的被感动了，也因为这份感动我愿意没有报酬（其实二十年也没有给过讲课费）更投入地为他们讲课。可是后来我们的领导们剥夺了本人的这个机会，我不禁要问：这是谁的悲哀?！真希望这仅仅是我一个人的遗憾……

论中国体育

人生感悟之 39

中国是体育强国吗？从奥运会奖牌榜看是，世界前三甲！但从全民体育来说，估计是倒数，第几名不详。这又是为什么呢？让我慢慢道来。

近二十多年，为了树立体育大国形象，开始了中国式体育大跃进运动，除了正规的体育学校，还有形形色色的武术学校，国家体委，省市体委编制扩大了多少倍？体工队体育人才扩招了多少倍？反正国家拨款养着（过去苏联东欧社会主义国家也一个样），只要拼命练呗，国内各种运动会，大学生运动会，城市运动会……，还有农民运动会，其实参赛运动员都是那些，反正搞得好像体育是我们中国人最重要的事情似的。其实是通过行政手段，目的也很明确，就是拿奖牌，尤其在国际比赛场上长中国人的志气和威风，彻底甩掉东亚病夫的帽子。这个目的算达到了，也举办了奥运会，就能算是体育大国了吗？错了，只有全民体育健身蓬勃开展才是最终的目的。再说国家培养着大批运动员，能拿奖牌就顶尖的几个，体育是吃青春饭的，其他大部分人以后怎么办？没有一技之长，可能还有伤病，难以再就业谋生！而咱们的全民体育现状如何，除了广场舞我就想不出什么了，广大农村就更别提了。青少年正处生长发育，特别需要体育锻炼，但如今中考高考把锻炼的时间都占用了！

那为什么咱们的全民体育如此不堪呢？从根源上讲，咱们过去漫长的农耕文化是没有一丁点儿体育概念的，劳苦大众温饱没解决还能考虑体育健身？就算有钱人空闲时间主要是打麻将，旧社会是上戏院妓院。所以说文化的力量是巨大的，这也使咱们的体育职业化难以实现，原因就是没有大量热爱体育的观众，就像中国足球的甲 A 及中超。也因为文化的因素，全民体育也需要国家层面的推动，才能逐步真正成为体育大国强国。

春意

人生感悟之 40

　　春意在哪里？我说在水里，你看那一江春水哟，盛着满满的春意，似乎静止着，不愿太快离春天而去。还有江面上一叶扁舟，左摇右摆，是在游戏春意？这本来就是一幅春意山水图啊！就是那不起眼的小溪，也载着飘落的花瓣，缓缓地记录着春的故事，幽幽地吟唱着时光无情，落花有意……

　　春意在风里，当一夜春风吹过，万物复苏，百花齐放，你还没感觉到春意的搏动和呢喃？又一夜春风吹过，落花满地，也吹走了我的一夜春梦，还好不会很难过，我还在春天里，还可以在春风里放飞心情，感受爱情永恒岁月不老……。春意更在花朵里，最浓的春意就绽放在盛开的花里，当蜜蜂蝴蝶翩翩而至，便是一曲春的交响……。春花的开放是有节奏的，刺桐花，山茶花，报春花，桃花梨花李花樱花，玉兰杜鹃牡丹木棉……数不胜数此起彼伏，这正是春意伴随着你的青春，流光溢彩……

　　春意还在颜色里，当去年的黄叶还顽强地挂在树枝上，它的上下左右已冒出嫩绿的芽，再配着花红，这便是春的颜色了，还有蓝天白云，春风里彩色的风筝……。并不是每天都阳光灿烂，也有连绵的阴雨呢，但总有天晴的时候，当有点陌生的阳光赤裸着奔向你，你是否感到一点震撼，如果阳光不够多，还是留给植物吧，你看树梢上的新绿比你更渴望……

春意也在土地里，小草里，鸟儿的歌声里……，其实春意在春天的每一个角落里，更在你的心灵里，你若微笑春风自来，你若美好春意盎然。

友　情

人生感悟之 41

　　友情被无数人赞颂歌唱过，人是社会性的，都需要友情，友情有时是春风，有时是热情，有时是安慰，有时甚至是苦口良药，但更多的是温暖，滋润着每个人的心灵，所以常说友情是心灵的润滑剂，好朋友多的人也是幸福的人。

　　必须承认友情也是有层次的，我认为第一层次是战友的友情，那可能是最刻骨铭心永生难忘的友情，在战火中锤炼的友情更不用说，在电影里常看到这样的场面：炮弹飞过来时战友扑到你身上保护了你，他可能受伤了。敌人正瞄准你准备开枪，说时迟那时快，战友把他干掉了，这是怎样的友情？这是钢铁般的友情啊！此身不渝了！听别人说起他在部队的军旅生涯和战友，口气里总充满着自豪和骄傲，我听着也会一起感动……

　　同学的友情我认为是第二层次的，那是一种纯洁的友情，没有一点利益的浸染，没有任何私心杂念，也许因为情投意合，也许只是互相倾诉，也许只是都无聊一块去看人来人往日出日落，就成了好朋友。也可能只是在校园里见面点点头，甚至在幼儿园穿着开裆裤一起玩耍，就播种了友情的种子，以后成长过程中时时想起提起一块回忆起……

同学要常联系哦!

第三层次恐怕是同事之间的友情了,各自有家庭,工作,孩子,最繁忙的人生时刻。主要是工作关系,一块工作时间长了,友情也产生了,互相帮助也自然而然,能一块喝茶饮酒也不亦乐呼!

其实分层次不是绝对的,真正的友情无关交往时间长短,无关近在咫尺相隔千里,也无关年龄性别,而关乎情趣相投,心犀相通,共同的理想和追求,互相帮助互相欣赏,共同怀旧感动,一起疯狂陶醉……。更因为纯粹而崇高,没有利益的污染,没有权力的干扰,是人类社会中人与人之间一片没有污染的绿洲,一块高尚的净土,让你充满美好与感动……。真友情不会离你而去,虚假的就让它随风而去,男女之间的友情超越性和爱情,虽然稀少更值得珍惜……

爱情（2）

人生感悟之 42

我把爱情种下

便长出烂漫的藤　轻轻地

爬满心的篱笆

我把渴望捎给藤蔓

他便悄悄地爬上　你的窗台

在你柔柔的灯光里

感受你的高雅　你的温暖

当你的目光　触到我的渴望

缘份便盛开成一朵花儿

等你摘下　是否感觉到

我激动的颤抖　幸福的抽泣

在你最美丽的时刻　凝固

一个传奇

一个华美的乐章

我们把姻缘种下

便长成一棵合欢树

默默地守望

日出日落　花开花谢

任时光荏苒　四季轮回　花红柳绿

慢慢地

一起陶醉　一起变老

论精英与垃圾

人生感悟之 43

　　精英是指那些普通人仰望的成功人士，有权有钱有地位，可能有人会问，三样都要同时具备？我来告诉你：在国外有能力就行，其他都不重要，国内有三样才算是，不过没关系，有一样就可以有另外两样，有钱有势就是咱中国人的人生奋斗目标！在中国精英有具体的标准吗？有，而且和国外完全不一样，甚至完全反过来，让我来明确一下，其实很简单，主要看行政级别，科长以上就是中国的精英了。其他都不是！大学教授算不算？不算！最多算学术权威无权无势。高级别律师医师会计师等等专业职称都不是（科学院工程院院士基本够格），他们都只是社会的服务员（真正的公仆，公家的仆人，公家是谁呢？公家就是中国的精英啊！）。IT人士呢？只有马云马化腾张朝阳丁磊几个，不算精英实在说不过去！

　　精英本来是社会的精华，他们是各行各业的翘楚，专业人士（包括政治家），他们引领科技发展，应用科技进步为社会服务，为人类美好生活奉献他们的才智。他们受过良好教育，有较好的物质和精神生活，是普通人的楷模，青少年的偶像和奋斗目标。

这么看中国的精英是什么玩意？专门管理精英，精英中的战斗机？怪不得都争着当"行政长官"，公务员也行啊，有希望成为"精英"呢！

算了，还是说说垃圾吧，没人要必须扔掉的东西，指人的话就叫做"垃圾人"，国内外都有，中国比较多（没钱没势没地位不算垃圾人，只能叫做贫困人群，国外可领救济金，国内也有只是少点），垃圾人是指无教养无道德还自以为是，泼皮无赖之流，也许遭受太多挫折和失败，对社会充满敌视和戾气，戾气不断积累就会变成地雷挂满全身，一碰就爆炸，还主动到处找茬发泄戾气。看过一个录像视频，一位妇女开车（带一小孩），因前面的车停下而按了两声喇叭，前车一壮汉司机过来就对这妇女拳脚相加大打出手，天啦！这哪是人！是畜牲吧！畜牲都不如！让他去打小日本恐怕他腿都软了。前几天报道深圳的王××（还是媒体人呢！），只因护士给他女朋友打吊瓶不顺利多扎了两针就在媒体上扬言要刀砍护士，精神病吧！还有那个南京的一对干部夫妇（按级别是中国的"精英"呢），只因为危重病人安排在他们女儿同一房间（本来就是为了救治病人）就对小护士大打出手，而且打成瘫痪心包积液，这是人干的事吗？还两个一起干？两个垃圾！还有那些砍人杀医恶性撞人事件，都是垃圾人干的，让国人的唾沫淹死他们吧！阿门！

垃圾人不一定是穷人，而是道德的穷人，精神的贫困患者，必须强制治疗，治好为止！中国的地方政府不能再无所作为，老百姓们不能再麻木不仁，行动起来吧，一起来做道德的捍卫者，为了别人，也为了你自己！

论"这十年"

人生感悟之 44

"这十年"就是刚过去的十年，十年对个人来说够长，在历史上只是一瞬间，但"这十年"在未来注定是浓墨重彩的十年，这十年对未来的影响将是巨大的，而且可以肯定是负面的，因此更需要反思，修正，否则后果不堪设想！

对"这十年"已有学者做了总结，大概是三点：经济高速发展，社会和谐的目标未达到，公共道德严重倒退。这位学者已算大胆，敢于批评时政（算过去时），值得称道，但也许也有忐忑，分析还不够全面到位，只好斗胆一下。

没错，"这十年"中国经济高速发展勿庸置疑，平均 GDP 增幅有百分之九吧，全世界第一，出口的增幅更高，国家外汇储蓄连创新高，达三万多亿美元，经济总量世界排名年年上升，已是世界第二大经济体，国库富得流油，连欧美严重经济危机咱也不惧啊！笑傲江湖，四万亿砸下去，那可是好大一个坑啊！世界经济衰退马上停顿了一下。老百姓腰包也鼓起来了，产生了大批"土豪"，连中东的土豪也没放在眼里，真是太平盛世，中国梦伸手可及了……。

那我们分析一下因果，高 GDP 是在前面改革开放的基础上加入 WTO，出口这驾马车就飞奔起来，"中国制造"进一步焕发了活力。国内的生产能力气势如虹，同时高投资，到处建公路铁路高铁地铁房地产，亚洲第一高楼的高度在中国大地不断被刷新，一派欣欣向荣的景象。但是欧美经济危机，咱们出口顿时疲软，高投入导致的高耗能高污染，资源严重破坏，将来治理环境破坏污染将付出数倍的代价！因为出口疲软导致产品严重积压，有报道说家电产品库存够咱中国人用十年！产业结构还是老样子，以低附加值产业为主。房地产大跃进更激动人心，楼房像雨后春笋跋地而起，房价打着滚地飚升，二00八年房地产已开始调整，四万亿投资又救了它，而且变本加厉，涨势汹汹，听一位在一个小县城从事房地产的朋友说，当地有六十几家房地产公司！还有汽车业大跃进，有二十家合资汽车集团公司吧，把汽车业这个最大的国家资源拱手相让，让外企赚得盆满钵满，救活了外国汽车制造业，再高价卖给中国。现在中国的公路上已挤满汽车，再高增长已无可能，倒是加重了雾霾。那些寄希望中国提高内需发展经济的所谓"精英"看明白了吧？中国内需的这驾马车已经被房地产，汽车业，家用电器（这是最大的内需）提前透支了！还寄希望于城镇化？其实早就开始了，空间已不大了！记得十年前就提出科学发展观可持续发展社会和谐理论，全国人民都认真学习过，不知落实在何处，好像到现在还停留在口号上。科学发展了吗？可持续发展吗？社会和谐了吗？群众的眼睛是雪亮的，贫富悬殊拉大，仇富心理加剧，官员贪腐严重，欺压民众，房价高企，如何能和谐？"这十年"充分调动了全国人民追求金钱的积极性，富的想更富，穷的想一夜暴富，缺乏信仰道德丧失极度浮躁的状况空前绝后，像吱吱吱冒着黑烟快要爆炸的炸药包，这种心理同样扩散至教育医疗系统，后果又是什么？！

"这十年"留下的的确是个烂摊子！

还有国际问题，别的不说了，再重要不过钓鱼岛问题，不多说了。

新一届中国领导人面临多么艰巨的难题！太难了！还好我们已看到一些新的希望！

牢骚发了不少，如果问我什么是中国未来最重要的发展动力？我会说……。

这是什么情况了（口水诗）

人生感悟之 45

雾霾了　　我看不远了

飞机延误十小时了　　我晕菜了

房价又涨了　　我做不了房奴了

牛奶有毒了　　我不喝了

牛肉注水了　　我放弃了

馒头也有毒的了　　我不吃了

食品添加化学品了　　我自己做饭了

蔬菜农残超标了　　我自己种菜了

禽流感了　　我喝板兰根了

小人多了　　我走开了

食肉人物来了　　我避开了

城管打小商小贩了　　我生气了

矿难发生了　　我默哀了

婴儿被拐卖了　　我气愤了

医生被杀了　　我怒火中烧了

护士被打瘫了　　我悲痛了

李天一被判了　　我知道他爸是谁了

南京干部夫妇打护士了　　我也知道她爸是谁了

当地媒体集体失声了　　我也知道为什么了

李刚是谁谁知了　　我还不知道了

严重雾霾了　　我看不清了

搞不清了　　这是什么情况了

论贪婪

人生感悟之 46

　　贪婪是动物的本性，就是食草动物，平时一起吃草也都和睦相处，到了发情期也要为了争夺更多雌性而大打出手，甚至以命相争。食肉动物更明显，占着一群呢。而人类就更别提了，看从前的皇帝后宫佳丽三千，用不完也占着，还把好好的帅哥弄成太监，不就只是为了不戴绿帽子就干这种最没人性的事！皇帝的大臣们不也妻妾成群？再看看那些落马的贪官，都是几千万上亿地贪还嫌不够，就可以看到贪婪长什么样子了。也毙了判了没收了，又活该又倒霉，还有更多更大的蛀虫还躲在角落里偷着乐呢（也心惊胆战着）！

　　既然贪婪是人类与生俱来的，就只能靠自律和制度来约束了，说到底不外乎两种情况：愿不愿贪和敢不敢贪。前者靠自律，自律是个人修养和思想道德境界，也受环境影响。莫言在他的演讲中讲了一个古代的故事：两个人在干农活，一个人锄地时锄出一块金子，看都不看一眼继续锄地，另一人把金子捡起来看了看，也扔掉了还觉得不好意思（境界比前者差点），这两人都不能算人而是半神！这只是个故事。历史上明朝的海瑞是真实的，也视金钱为粪土。就说近代吧新中国初期中国人民虽贫穷但不也很清高吗？看来意识形态还是有作用的，但并不保险。那敢不敢贪婪必须靠制度来约束，只有真正成为法制国家是没人敢贪的，如果还敢贪婪那就无药可救，精神分裂了！

那咱们现实社会中为什么充满着贪婪呢？就是上述两方面没做好，这么看要改变现状并不困难……

论医患关系

人生感悟之 47

　　本来是准备论另一个主题的，而且现在已是睡觉时间，但突然很想议论议论医患关系，就加加班吧。

　　中国医患关系扭曲已经有相当一段时间了，近几年更加严重，不只是医闹打砸医院，伤医杀医可以说屡见不鲜，近两年更是频发，似乎已经无政府状态，医生已成为严重高危职业，行医如履薄冰战战兢兢。尤其百思而不得其解的是去年哈尔滨一个医生被患者杀害，网络调查居然大多数对该事件叫好（我现在仍然怀疑这个调查结果的真实性）! 这才是真正的可怕，严重的社会问题! 我们的社会价值观真的扭曲到这种程度?无法想象! 倒是让我想起一篇文章中提到的一件事：美国 911 事件当天，一群中国旅游者在现场看到世贸大厦被飞机撞击倒塌，居然集体欢呼，被美国当作不受欢迎的人而驱逐出境。是啊，人性中那些美好的东西都上哪儿去了呢? 我们要深刻地反省了!

　　就说这医患关系吧，医生与患者的关系。人吃五谷杂粮都会生病，生病了就要看医生，医生应用其专业技能为患者诊治解除病痛，这完全是相互依存的关系，毛泽东在"为人民服务"中写道：我们来自五湖四海，为了一个共同的目标走到一起来了。医生的工作是全心全意为病人服务，这么简单相互依存的关系怎么会变成复杂对立甚至敌视仇恨到杀人的地步（当然只是一小部分）！匪夷所思，不合逻辑，但我们无奈已司空见惯了，如果让外国人看此现象恐怕让他想破头都还是想不通的。真应该认真思考为什么会是这样？

也看过不少相关的分析，本人认为主要以下几个方面。1.患者期望值太高，总认为只要找到医生（还不管什么专科）就能治愈疾病，如治疗效果不如预期就不愿意了，其实医学虽然在不断进步，但还有无数难解之迷，医生虽然尽力，愿望也和患者相同，但还是那句活：有时治愈常常帮助总是安慰。2.沟通。既然现代医学对很多疾病的治疗效果仍不够满意，就需要与患者及家属沟通，但说起来简单做起来并不容易，哎，不容易也得尽力做啊！3.信任。这也是核心问题，患者对医生首先应建立在信任之上，但中国的医患关系现状让这种信任打了折扣，对此国内的部分媒体的舆论导向（尤其是一些小刊小报）要负主要责任（论中国媒体中议论过），必须好好纠正了。4.医闹。有的已形成组织专门协助进行医闹活动以获取不义之财，应该严厉打击，但长期以来执法部门未尽其责导致医闹愈演愈烈。 5.地方政府和立法部门对现状的长期漠视。

当然还有方方面面的原因和因素，但目前的医患关系是绝大多数中国人不愿看到的，设想一下中国三天没有医生会是什么状况？看病难看病贵并不是医生护士的错，在目前中国医疗资源严重不足的情况下（应该增加三四倍），他们已经严重超负荷了，他们也希望得到理解和关怀，也希望人们的理性和美好人性的回归……

对越自卫反击战 35 周年祭

人生感悟之 48

一九七九年春天开始的对越自卫反击战至今整整 35 年了，当年的我还是高中生，在热烈欢迎英雄凯旋的队伍中流着泪欢呼着感动着，向那个时代最可爱的人表达最崇高的敬意。这些凯旋的军人是英雄，也是幸运的人，经历枪林弹雨活下来就是最大的幸运，而更幸运的是与他们同时代的我们，经历着享受着改革开放及成果。而那一万多牺牲的英灵却永远留在硝烟散去的战场上，那都是二十岁上下鲜活的生命啊！如含苞待放的花朵，如高原天空的纯净，还没来得及享受生活的丰富多彩，甚至没有感受过爱情的甜美，就倒在了改革开放的前夜，像绽放的礼花璀璨的一瞬就永远消逝在黑暗的夜空，留给亲人持续永远的痛……

回顾 35 年前的那场战争，我仍感到扼腕的痛惜，因此今天写下这篇祭文，在人们已经淡忘的时候，不是为了纪念那场战争及胜利，而是为了祭奠那些为国捐躯早逝的英灵。用什么来祭奠呢？我想把我所经历的写出来，但愿他们也听得到，看得到……

那场战争开始后不久，中国开始了波澜壮阔的改革开放，农村开始了责任承包制，过了几年中国第一批万元户在农村产生了。每年越来越多的大学生走进象牙塔，这些百里挑一的大学生就是骄傲的代名词，以后也成为改革开放大潮中的中流砥柱。外商投资开始不断走进中国市场，物质商品开始丰富起来，个体工商户如雨后春笋，还产生一大批"倒爷"，货物都倒到国外去了，这些人成了先富起来的中国人。以邓丽君为代表的靡靡之音进入大陆，喇叭裤满街都是，装着服饰色彩丰富起来，同时台湾校园歌曲风靡大学校园。八三年春节开始"春晚"成为中国人年夜饭的一道大餐，港台唱歌的都争着来，《我的中国心》《龙的传人》《冬天里的一把火》唱红了全中国，"春晚"至今已 31 年，规模越来越大，档次越来越高，产生一批大腕儿，比如赵本山，把二人转发扬光大了，自己也开上私人飞机了。中国开始重视体育了，女排"五连贯"鼓舞了整整一代中国青年，八四年开始参加奥运会拿了很多奖牌，中国体育突飞猛进，还举办了奥运会，但中国足球还是扶不起的阿斗。九十年代更热闹了，出国留学热，干部下海热并利用其原有关系搞贸易开公司，产生了一大批富豪。还成立了深沪证券交易所，但大部分人西装革履进去，三角裤出来，宝马进去自行车出来。进入二十一世纪，我们加入了WTO，进入了经济大发展时代，全国各省 GDP 竞赛，我们现在是全世界老二了。外贸井喷外汇储蓄世界第一了。房地产大跃进了，房价飚升房奴产生了。汽车产业大跃进了，道路都被汽车堵满了。吃穿的东西太多了反而不知道吃穿什么了……。但是，天空不象以前那么蓝了，雾霾来了。江河湖海的水不象以前那么清了，鱼虾少了。吃的东西含毒高了，不象以前那么原生态了。老人摔倒没人敢扶了，搞不好就倾家荡产了。大家都争着当公务员了，贪官也抓不少了。富豪都移民国外了，又回国抢钱了……

　　说了不少了，有欢笑也有内心五味杂陈，英灵们都听到了看到了感受到了吗？你们在祖国的南端向北遥望着祖国的足迹和未来，是希望你们的亲人们更加幸福。我们更希望不再有战争，和平才是真正的赢家。中国的未来会更美好，中国人民不会忘记为国捐躯的年轻生命，英烈安息！

咱们约会吧

人生感悟之 49

咱们约会吧

时光温润　岁月静好　春风柔美

伸出你的手

在我人生最灿烂的时刻

给我一个拥抱

就会绽放一个传奇

咱们约会吧

岁月沉淀你的清纯　留下风韵

时光过滤你的青涩　留下成熟

让我牵你的手

在你最美丽的时刻

一起　浏览未来

咱们约会吧

我已满怀疲惫

你温馨的港湾　是否等待我的归航

我青春的帆已历尽沧桑　百孔千疮

给我一个媚眼　便幸福满满

可否　让我驻足在你心灵深处　沉思幻想

咱们约会吧　　趁我还未老去

还可以带你一起飞翔

欣赏春花秋月　感受冬暖夏凉

给我一个笑容

我就可以穿越时空　俯瞰人生

咱们约会吧

在这最美的季节里　陶醉不醒

论智商与情商

人生感悟之 50

智商和情商是对立的统一，每个人都有智商和情商，但智商高往往情商低，反之亦然，两者都高可就不是普通人，而是完美的人，若两者都很高，那就是神人也。我提到过的神人只有一个就是中国皇帝连的连长朱元璋同志，想不出谁能与他争锋！而人与人之间因为智商情商的不同才产生了我们丰富多彩的人生和社会。

智商（IQ）是智力商数，是天生的（有人认为百分七八十是天生的），主要是认识理解推理分析计算等方面的能力，简单说即专业能力，可以测量，而情商（EQ）是情绪智力，指对情绪情感意志的调控及驾驭能力，简单说即社会能力，主要也是先天性的，但学习和积累也起很大作用，情商尚不能测量。

为什么讨论这有点学术又有点无聊的问题，其实很有用，既是了解自己又是了解自然世界人类社会，但在当代中国是完全没用还会徒增烦恼，因为在国内这两个玩意基本没用，是啥样还是啥样，该干啥还是干啥。天才智商就了不起啊！想出人头地啊！别做梦了干活吧。至于情商前面说的是正面阳光的，在中国还有阴暗面的情商諸如搞歪门邪道，欺下瞒上溜须拍马之类（国外没这些玩意是因为没有我们这样的环境），这个也许有用。

哎！不多说了，要说了解智商情商唯一的用处就是：如果你的孩子智商很高或偏高（学习成绩很好或测量过 IQ），那就送他去国外（发达的民主国家），对他未来的发展肯定适合，而如果 EQ 不错，IQ 偏弱那就留下来吧，不要盲目乱跑了，你懂的……

论"阶级"

人生感悟之 51

"阶级"这个词汇，不知 90 后 00 后是否有印象，政治课里面应该有，他们爷爷辈在阶级斗争中实战了一辈子，父辈在阶级斗争的文化中度过半辈子，难忘啊！

阶级这词汇不知道什么时候开始有的，懒得去考证，反正不是台阶的意思（那叫做阶层），阶级应该是台阶的最上一层跟之下所有台阶的关系（这个比喻够形象吧）。中国五千年历史中的阶级根本上就分两级，即统治阶级和被统治阶级，后者分多少阶层都不重要了，都是为统治阶级服务的。这个概念搞清楚后面就好办了。

讲讲我们熟悉的阶级斗争吧，中国历史是这样的：无产阶级推翻统治者（如农民起义）成为新的统治者，就成为有产阶级，继续压迫剥削被统治阶级，周而复始，皇帝变了，其他都没变。只是到了现代中国共产党领导无产阶级取得政权成为统治者但仍然是无产阶级（初期的确是这样），人民当家做主本来是民主的最好时机，但可能由于意识形态的局限性走了另外一条道路，回过头来看还是受历史的局限。但不能有有产阶级都是无产阶级也不行啊，于是就要找对立面，斗争的对立面，阶级论阶级斗争便产生了，于是有了"地富反坏右，走资派，修正主义"等等，其实是无产阶级之间斗来斗去，变成政治思想工作生活的主要内容，这就是阶级斗争的由来吧……

　　阶级斗争已离我们很远了，放眼全球，民主是世界的主旋律，民主是什么?很多国人未必清楚，民主就是人民作主，没有统治阶级被统治阶级，阶级论也就不存在了，政府官员（包括总统）只是人民选出来的代表，必须为人民服务否则罢免他，所有国民之间都是相互服务的关系，平等而友好，就这么简单就这么美好。当然"过民主"未必是好事（这以后再论），当今中国又迎来了历史性机遇，曾经提出的"既有民主又有集中的政治局面"可能是最适宜的……。

童　年

人生感悟之 52

我的童年是在大山沟里的时光，成天面对着对面的山梁，也会像天使一样插上想象的翅膀，这山是不是"愚公移山"里面的王屋与太行？

我的童年是在半山坡上的世界，有时张开双臂向下飞奔幻想飞行，还好没有摔成残废，偶尔在姐姐的背上享受童年的特权和快乐。

我的童年是在家里就可以听到学校上课的铃声和学生的朗读，没有幼儿园的约束，却是漫无目的的闲游，吃饱穿暖一切皆已足够。

我的童年是参加婚礼时尽量得到更多的喜糖，偷偷藏起来，慢慢品尝新人的甜蜜。成天呆在自家菜园里守望成熟。

我的童年是姐姐哥哥的呵护，能屁颠屁颠跟在后面就是最大的满足，每天都要把咋晚的梦境向他们诉说，搞得好像新闻发布。

我的童年有爱情的萌动，一年级就清楚女同学的美丑，多年后仍吃惊地发现，刚告别开裆裤就萌生爱情的冲动？

我的童年是无忧无虑的快乐，追着黄狗在田埂上奔走，喜欢对样板戏的歌颂，搞不清歌词的内容，却随时随地放开歌喉。

我的童年嘴角挂满甜甜的渴望，每次爸爸周末外出购物，总站在那儿望眼欲穿的等候。哥哥抓的田鸡诱捕的麻雀，都是正餐的补充。还敢去摘仙人果，被小黄蜂追着蜇，屁滚尿流！

我的童年都是幸福美好的回忆，伴着我的人生慢慢走过……

致青春

人生感悟之 53

青春是什么

青春是少年走过人生转角处

第一眼看见的风景

是一朵最美丽的花儿

开在人生最美好的季节里

如柳絮飞扬 桃花绽放

无论张扬或颠狂

都是灿烂的模样

举手间投足间

都是一样的辉煌

青春喜欢在太阳下流连

心里储存足够的阳光

心灵就会通明敞亮

青春是在四月的晴天

用人生最浓的颜色

描绘的一幕幕精彩

用最疯狂的想像

谱一曲最震撼的乐章

用花红柳绿编织春梦

放在晴朗的午夜

有流星雨闪烁

青春也会有淡淡的忧伤

被雨淋湿的心情

只有爱情才能烘干

在一个灿烂的午后

咖啡搅拌着淡淡的忧愁

把缘份放在桌上

渴望一个惊艳的邂逅

当缘份相撞

只要轻轻地牵手

就会融化一切世事凡尘

一个含情的眼神

就会穿透胸口

青春是香薰的心情

牵一片岁月　抒一首诗的华丽

裁一段光阴　谱一曲爱的绝唱

放飞一段流年　让爱情流浪

花期或长或短　早已注定

不经意的一个转身

已繁花落尽

可以不用悲伤

潇洒地抖落余香

脱掉有点儿成熟的外套

轻盈地　再次启航

论"普京崇拜"现象

人生感悟之 54

克里米亚公投结果今出炉，超过 95%的公民要求独立并申请加入俄罗斯联邦，这实际上是俄罗斯的胜利，也是普京的胜利，这也是冷战结束俄罗斯沉伦二十多年后最值得骄傲的胜利。反观欧美国家首脑们垂头丧气，抗议反对制裁显得苍白而无力，怎么说公投也是代表民意，如何能说是"违法"呢？总之，俄罗斯及普京的确扬眉吐气了一回。

而对普京来说已不是第一回了，在俄罗斯国内自不用说，普京已是俄罗斯人崇拜的偶像，女人们都想像嫁给他，男人只有羡慕嫉妒的份了，不容易啊！国际舞台上也不例外，一直旗帜鲜明地站在欧美的对立面，玉树临风（虽然个儿不高），时不时搞点真人秀，闪烁点智慧的光芒（如叙利亚问题解决方案），开个会还常规迟到，让那些首脑们惭愧不已，暗淡无光。这次克里米亚问题，实际上在乌克兰乱局的时候，普京已盯着克里米亚并看到今天的结果了（我在论中俄关系中也已经下了结论），这也充分体现了普京的政治智慧和胆略，不愧克格勃出身！而且克里米亚公投后产生的连锁反应普京也应该考虑到了，精彩的还在后面！

　　我周围的很多人也跟着崇拜欢呼，女人们我不清楚，就算喜欢那也是人家的男人，就免了吧。男人都喜欢谈政治，对普京已算是崇拜，也有羡慕嫉妒恨吧，中国人总是自我感觉良好，难得崇拜别人，但对普京可能是真的崇拜，但我对他们说，普京的个人魅力的确刚刚的，但用不着崇拜，还是崇拜咱中国人自己吧（若暂时还没有活着的偶像找个历史人物也行啊）。我们跟着瞎掺和可能主要觉得解恨，好像美欧资本主义国家是咱们天生的敌人，看来还是过去的意识形态作祟，其实普京自己都说俄罗斯是真正的资本主义国家。

　　还是站在更高处看问题吧，我说把普京看作一个智慧的政治狂人更合适，对俄罗斯来说他们需要这样的政治狂人，但对咱们还有全世界来说并不希望什么政治狂人，狂人往往能改变世界，这种改变有可能是反人类的，比如希特勒，智慧的政治狂人更可怕。科学狂人也能改变世界是让世界变得更进步更美好。咱们崇拜科学狂人不是更好吗？更重要的是国际社会应该知道如何对付政治狂人，世界还是太平点好，俄罗斯的成功和强大对咱们来说谈不上有什么好处，也许反倒是个坏事……

论中德关系

人生感悟之 55

习主席即将访问德国，全世界都将聚焦于这两个大国，估计会提升战略伙伴关系，建立自由贸易关系，还有可能构建新型大国关系，意义重大。当然还有经贸方面也会是重点，签几个大合同是必须的。

德国这个老牌资本主义国家，两次世界大战的发动国，二战后在废墟上又迅速发展强盛起来，绝对不可小视。这与其民族性格有关，自认为日尔曼民族是纯种雅利安人，自视为世界上最优秀人种，清高自傲，高处不胜寒啊！不过人家确实优秀，由于其自信与严谨，生产的产品的确优异，连锅碗瓢盆都不但高档大气还可以用几代人。高端产品精密仪器更不用说，现在满世界的道路上跑着的大众奔驰宝马。想当初白洋水师的定远舰镇远舰也是花巨款从德国购买的，是当时世界上最先进的铁甲舰。但甲午海战还是战败了，据说当时咱们的炮弹打到了日本旗舰的弹药库旁，可惜是哑弹，否则可能历史就改写了，国运衰啊！

德国的先进还不止是科学技术方面，还产生了大批哲学家作家诗人画家音乐家，如康德黑格尔歌德海涅贝多芬巴赫莫扎特，对世界文明的发展和进步做出了重大的贡献。爱因斯坦大家都熟悉，还有马克思恩格斯的《共产党宣言》，让无数共产党人前赴后继为共产主义事业奋斗终生……

我们要学习的东西还很多，德国人的勤奋，努力严谨，一丝不苟，还有遵纪守法，有一个笑话描写德国人的刻板，道路斑马线红绿灯故障一直是红灯，整个晚上没走过去还在等绿灯的那个人一定是德国人，请不要窃笑，我们应该肃然起敬！

中国和德国的关系近几十年谈不上好也不算坏，二战后德国很低调，低着头搞发展并取得骄人成绩，而且后续发展动力强劲，是全世界财政预算中医疗费用占比最高的国家。这次欧盟金融危机的化解，德国发挥了最重要的作用。而且人家对二战罪行的态度让小日本在一边忏悔去吧。德国认真刻板的民族性格也让人觉得不像日本俄罗斯那样"鬼头鬼脑"，是值得结交的朋友。因此习主席的这次访问，将开启中德关系的新篇章，值得期待。

从普京与欧美的搏弈想到的 ……

人生感悟之 56

克里米亚已投入俄罗斯怀抱，这是改变不了的现实，俄罗斯还不依不饶，以胜利者的姿态要乌克兰签定"城下之盟"。国弱让人欺无奈泪水往肚里流吧。俄罗斯普京太成功了，不战而屈人之兵，又一个典范！普京以彼得大帝的姿态矗立在世界之颠！这让人回想起当年彼得大帝从瑞典手中夺回曾丧失的土地，在圣彼得堡修建夏宫，前面建的喷泉群中央是彼得掰开狮子的大口（狮子是瑞典的象征），水从狮子口中喷涌而出，象征彼得屠狮。而且还把瑞典国王叫来在喷泉上方的平台上共进午餐，那是怎样的场面！而如今普京的做法如出一辙，膨胀啊！俄罗斯又梦回沙皇时代了！把西方列强看得一愣一愣，眼珠子都快掉下来了！

于是西方列强联合起来制裁俄罗斯，除了制裁没其它办法，战争是不可能发生的，那个说用核子弹对扔的家伙绝对是个白痴政治家，喜剧演员吧？而制裁是唯一手段，而且必须持久也可能会解决部分问题，目前美欧的制裁是不会有效果的，进一步持久的经济制裁才行。俄罗斯也有软肋，其经济严重依赖资源和能源，经济制裁会使其经济状况恶化，不过估计他不怕，一是他手上还有牌（东乌克兰地区），二是西方制裁不一定持久，三是他还有中国这个盟友（他把中国在安理会投弃权票当成对他的支持，随他怎么想），他可以把能源卖给中国，中国可以买他的能源，不过价格上必须狠狠地宰（当年让我们抗美援朝同时卖武器发财，这下咱有机会一报还一报了）。所以俄罗斯普京与欧美的博弈才刚刚开始，好戏在后面。不过对欧美来说，最好的结局也就是保住东乌克兰而已，克里米亚就别指望了，俄罗斯能放弃东乌克兰就很给你们面子了，别给脸不要脸！

　　美国的制裁还让我想到，如果用这一招对付中国那会产生何等效果？绝不亚于美国拥有的核弹头！这又让我想到，如果中美关系够铁，还是用这一招对付外逃的中国官员又是何等的效果？还敢卷巨款外逃吗？老实点举起手来不许动！真爽！这一招还让我想到……

论自由

人生感悟之 57

说到自由，很多人不以为然，觉得自己是自由之身，想吃啥吃啥，想到哪儿到哪儿。其实这不过是最基本的自由，算脱离了奴隶社会，最多算从封建社会解放出来而已。

自由是多么崇高的字眼和境界，全世界人民数千年来为之奋斗不息并未达到完全自由的境界。什么是自由？有人说是想干啥就干啥，也有人说是想不干啥就不干啥，这都不是完全的自由。真正的自由是身心的自由，说起来简单其实一点也不简单，身体的自由还容易些，只要不是奴隶，身体是你自己的，尚能随意但也不可能完全随心所欲想到哪儿就到哪儿想干啥就干啥，身体状况时间金钱都可能限制你，就算这个不限制你，规则或者法律也会约束你，比如过马路要过斑马线还要看红绿灯而不能随意跨栏。而心的自由就更不容易，你可以胡思乱想胡说八道，但有的东西可以想但不能说的，比如政治性言论你能在任何场所随意表达吗？你可以喜爱别人而不能要求别人同样喜欢你，你想做的事别人不让你做或你做不了不也是白搭？有人总结的好：一件事，再美好，你做不了，还是放弃。一个人，再留恋，不属于你，还是离开。心的自由也受内心自身的限制。其实连皇帝都不可能完全身心自由，也有责任义务的限制，每个人还有道德能力财力环境等等限制。

总的说来人类从古到今努力追求的自由仍然只是美好的愿望而已，只是相对地愈来愈自由了，自由必然是相对的，有限制有约束，这种限制和约束是大家能够接受的就不错了，也是应该自觉遵守的，这样你仍然是自由的。人类仍然在努力实现身体随心所欲心情自由飞翔，也许只是梦想。

论中国文化

人生感悟之 58

中国文化源远流长博大精深，不是可以随便论论的，但本人最近一直在思考中国文化的精髓是什么？然而一直理不出头绪，只好百度一下试试，结果是"查无此页"。看来可能因为太广太深而无从精粹？还是也因为太广太深而缺失精粹？

一个国家的文化也体现于国民性格即民族性中，文化精髓也就体现出最有特点的民族性，我在"论国民性格"中指出中国的民族性是"勤劳包容"，只是浅浅的点到为止，这也只是中国民族性的特点之一，还不算是精髓，精髓是指最突出最优秀的方面。而包容（或者叫融合力）是双刃剑，那只剩下勤劳了，勤劳是为了温饱聚集财富，但从中国历史上看，聚集了财富当上了地主财主的人也没干多少好事，也没为社会的发展做什么贡献，看现在的"土豪"都干了些什么！以前课文里常说"勤劳勇敢的中国人民"，勇敢真谈不上，有历史学家说过中国从宋朝以后就没有武士了，只有在民族存亡的关头（如抗日战争）才表现出勇敢来，而平时的勇敢只是针对自己人。中国人还有一个常常自夸的优点：谦虚，而谦虚往往是不自信的表现，而国人实际上是内心自大与自卑的混合，知道自己没什么货还照样看不上别人，那只能是自我陶醉孤独求败吧。难怪都说中国人聪明，但一个人是一条龙，一群人就变成一条虫了……

上面讲到的真不能算中国文化的精髓，那到底是什么呢？欢迎大家一起来讨论，多挖掘点正能量的东西。我个人认为中国文化的精髓还是儒家思想中的"仁义道德"，这个伴随中华民族走过几千年历史的精神之灯塔一直闪耀着光芒，虽然现代人的思想已被搞得有点乱，提到仁义道德就觉得虚伪，实际上是自己被虚伪了，你觉得呢？……

关于马航 MH370 事件

人生感悟之 59

　　前几天马来西亚政府突然宣布：证实马航 MH370 已坠毁于西印度洋。表明马政府挤牙膏方式披露信息暂告一个段落，要落实善后工作了，也是为了转移全世界质问事件真像的视线，估计不会再透露什么信息，但真像终归要大白于天下的，而这个真像就在那个"那几步"总理及政府相关成员的手里。虽然现在还没有直接的证据，但事件的真像已逐步浮出水面：机长及机组人员劫机是直接的凶手，而马政府是……。

　　我们来分析事件的整个过程，看看"那几步"走过的那几步：1，三月八日凌晨 MH370 起飞不久就被机组人员劫持，关闭了其它通迅系统直接与马政府密秘谈判表达政治诉求，飞机折返。2，在空中与政府谈判数小时未能达成协议，飞机向印度洋飞去从军方雷达消失，这个过程神不知鬼不觉估计乘客都不知道，飞机燃油耗尽坠落印度洋。3，马航早上发布飞机失联消息。4，搜救行动开始，马政府透露飞机"失联"时在中国南海的位置，暗示可能坠机地点，为了拖延时间。5，第四天才搜查机长副机长家，已是拖延时间。6，搜救规模加大，马政府透露飞机折返马六甲海峡，搜救位置转移，也为了拖延时间（自以为时间长了证据更不易找到可能就不了了之）。7，搜救行动进一步加强，马政府透露飞机从军方雷达消失时的位置，并提出南北两线，又延误了时间。8，三月二十日澳大利亚发布卫星图片发现可疑飞机残骸，搜救再次转移。9，历史上最大规模国际搜救行动开始，针对马政府怀疑责问声起，马政府无奈宣布飞机被劫坠毁。就是这9步马政府已走到尽头，再跨一步就是深渊……

已经够清楚了，纸是包不住火的，不要再挣扎了。让我不得其解的是马国怎么选出这样的领导人？以井底之蛙的视野和智商PK全世界的智商，太幼稚完全不是成年人的智商。本来他可以先答应劫机者的所有条件，再反悔搞定，尊重生命，还能得到全世界的同情和支持。他们却走了另一条道，智商太低不可教也！

真像总会公诸于世，只是时间问题，马政府也抵抗不了多久。全世界还怀着一丝丝希望祈祷生命的奇迹。如果，如果他们都不幸遇难，那就叫马政府赶快公布真像让逝者安息……

论中法关系…

人生感悟之 60

习近平夫妇刚刚结束对法国的访问并取得圆满成功，签下了180 亿欧元的贸易大单，还提出构建优先的外交关系，这个"优先"目前可能并无实质性内容，但已让人产生无限的想象空间。

中法关系算是传统友好，五十年前建立外交关系，是第一个和中国建立外交关系的西方国家，看来当时戴高乐是很有远见的，让现在的法国收获丰硕的成果。这五十年中法关系若即若离，只是一般般，现在是时候好好改善关系了，都是安理会常任理事国，可以共同发挥更大作用。

法国也是历史悠久文化灿烂，很多作家诗人艺术家，为现代文明作出突出贡献。拿破仑皇帝家喻户晓，杰出的军事天才，就知道打仗似乎并不浪漫，但对爱情忠贞不喻，很有个性，法兰西人民都很浪漫吗？不知道离婚率高不高？浪漫这个词汇很美也很抽象，连法国总统都追求浪漫，看看萨科奇奥朗德就知道什么是浪漫了，这跟中国形成了鲜明的互补，咱们过去农耕社会哪有浪漫可言，就算骄奢了也是思淫欲，不上档次，还是学点浪漫好。奢侈品是不是附加了浪漫的元素就那么昂贵，嫌了中国人好多血汗钱。法国文化也是多元（这和咱有点相似），也搞过法国大革命，还把皇帝绞了，还成立了巴黎公社，然后又不搞了让咱们接着搞……

现在中法也有很多互补性，他有点货色咱们有点钱，但奢侈品也该降降价了，咱中国人赚点钱也不容易啊……

论人性

人生感悟之 61

    人性是人在一定社会制度和一定历史条件下形成的人的本性，是从根本上决定着解释着人类一切行为的人类的本性。简单地说人性就是人的性情。

    以上的定义并不完美，由于科学的局限性，并没有反映出先天因素对人性的重要作用，在学术上对人性问题也是有争议的。孟子的人性本善论，荀子的人性本恶论以及不善不恶论都没有什么科学性。当人们认识到染色体基因密码子就会知道遗传的重要性，人的性情先天遗传因素起决定性作用，环境教育等后天因素也起重要作用。

    人性有优点也有弱点，每个人的人性也都是综合性的，也就是既有优点也有弱点，只是表现在不同的方面。好的人性和坏的人性是可以对应的，那我就罗列一下，有可能让大家更清楚地了解自己了解别人。

    善良——邪恶，慈悲——残忍，勇敢——懦弱，正直忠诚——狡猾奸诈，真诚——虚伪，知足——贪婪，宽容——狭隘，大度——嫉妒，爱——恨，慷慨——小气，忠贞——滥情，坦荡

——纠结，光明磊落——内心阴暗，天真——老成，豁达——小心眼，大气——自私，高尚——低贱，简单——复杂……

人是最高等动物，人性也极复杂，表现在人类活动的任何方面，好的教育（家教也很重要）及社会环境会压抑人性的弱点，弘扬人性的优点，反之就惨不忍睹，比野生动物弱肉强食更可怕，像现在还多了幸灾乐祸，小人之心，落井下石等等坏人性，真不如宠物狗狗，只有友好忠诚的狗性！……

论中国"四大发明"

人生感悟之 62

　　世界公认的中国古代四大发明：指南针造纸火药印刷术。不仅对中国，而且对全世界的政治经济文化都产生了巨大的推动力，是任何国家都无可匹敌的，虽然造纸术一千多年后才传到欧洲。

　　当然，我们也不要一直以四大发明沾沾自喜，过去式了，看看别人应用咱们的四大发明都做了些什么。人家用咱们发明的火药进一步改进并发明了炸药，做成坚船利炮轰开了我们闭关锁国的大门；人家用咱的指南针发展了周游世界的船队；人家用咱的造纸术进一步制造了各种用途的纸张，现在咱们还要进口他们的生物纸浆；人家用咱的印刷术产生辉煌的现代文化。想想这些我们该如何的惭愧羞耻！这之后的两千多年中国人都干啥去了？我们还有什么值得炫耀的发明创造？都是万恶的封建农耕社会扼杀了中国人民的创造力！

　　咱们更不要还抱着四大发明陶醉不醒，看看近代现代世界发生的天翻地覆的变化和进步，上千项影响世界的发明创造我们占了几项？恐怕只有袁隆平的杂交水稻以及合成胰岛素吧。现在咱们享受着别人发明创造的现代文明，是不是也应该感到惭愧？是不是感到该为全人类多做点发明创造？中国人不笨，还占了五分之一的世界人口。如何才能发挥中国人的聪明才智呢？这需要公平自由创新的社会和文化……

你和我

人生感悟之 63

你的善良　平覆了我的不平

　我的激情　欢乐了你的内心

你的美丽　升华了我的平凡

　我的粗旷　开朗了你的心情

你的宁静　安抚了我的愤世

　我的歌声　柔美了你的低调

你的充实　填补了我的空虚

　我的想象　彩幻了你的梦境

你的气质　漂亮了我的朴素

　我的豪气　感染了你的情绪

你的心香　穿透了我的胸膛

　我的诗句　荡漾了你的平静

你的细心　细致了我的随意

　我的广博　丰满了你的平常

你的触摸　温柔了我的梦乡

　我的感动　激荡了你的心房

你的眼神　凝固了我的灿烂

　我的绽放　唤醒了你的渴望

你的高雅　诗意了我的岁月

　我的精彩　粉红了你的年华

人生如歌　岁月如画

　我和你啊　此生不渝

女人如香

人生感悟之 64

都说女人如花，还不如说女人如香，如花指的是花季，短暂的灿烂。而如香可以绵长悠远，浓淡相宜。所以香水似乎是女人的专利品，必须的。那就一块儿来感受扑鼻的胭脂香味吧！

馥郁香：也就是浓郁的香味，轻轻地走过便留下一路芳香，她享受这浓郁，也希望陌路人分享，显示她的独立热烈张扬或豪放，也许并不招人喜欢，没关系，走自己的路，让别人去说与不说。

淡香（清香）：恰到好处的香味也是经过精心把握的，淡淡的香味淡淡的心情淡淡的存在，也代表你淡淡的性情，沉着笃定。用不着热烈张扬，该是你的就是你的，享受淡淡的人生有什么不好？

幽香：若隐若现，似有似无，漂忽不定，难以琢磨，有点神秘感的香味，戴着面纱，让别人去猜吧，保持住你的神秘感距离成功就不远了。

暗香：不知道从哪儿轻轻飘来的香味，黑暗中有一双忧郁的眼睛默默地凝视着一个方向，她在想什么看什么？有点诗意有点冰凉，还有点幽怨？你内心浓烈的渴望等待谁的迎合理解，不要折磨自己，走到阳光下更能绽放你的美丽。

　　天香：自然的香味，无需粉黛，无需任何造作，花季中的你自然天成，青春纯真本身就弥漫着天然香味，跟阳光草木一样的香味会让人陶醉，保持你的阳光和快乐就有灿烂的光辉……

论中国历史观

人生感悟之 65

中国是世界文明古国，历史悠久，两千多年前司马迁就写了伟大的历史上第一个历史传记《史记》，为了完成这个伟大作品忍受了牢狱的折磨宫刑的耻辱，实现了他"重于泰山"的生命价值，得到历史的尊重。历史记录了他的历史，这也是历史学的意义所在，也就是如实地记录历史，如果不客观那还能叫历史吗？

然而，现在看的很多历史剧包括电影电视剧，甚至文学作品，野的历害，甚至完全编造全是虚构的！我就纳闷了，中国还没有完全新闻言论及出版自由，而对历史却是网开一面，胡编乱改张冠李戴胡说八道都行，这又是什么情况？看来是历史观的问题！态度问题！

不尊重历史古来有之，如某个皇帝篡权后就把历史修改修改，添油加醋，比如诞生时石破天惊突然风雨大作电闪雷鸣之类都是小儿科，装神弄鬼之类的故事多了去，反正就是要说明这皇帝是天上派来的神不是人！然后正史野史就搞不清了，于是老百姓就相信了传说，喜欢上了迷信。以后真真假假虚虚实实就搞不清楚了。

　　现代歪曲甚至颠覆历史更是家常便饭了，都是这个文化大革命整出来了，反正历史是过去时，再怎么歪曲也没事只要不影响时政，还可以娱乐搞笑转移视听相当于精神鸦片。再看看现实中信仰缺失人性虚伪，人生观价值观道德观的扭曲（也是文化大革命闹的），歪曲一下历史算什么？但不尊重历史也会受到历史的惩罚，历史总会还其本来面目。都说以史为鉴，客观地面对历史才能正确地面向未来⋯⋯

论虚伪与被虚伪

人生感悟之 66

　　虚伪一点也不抽象，也就是虚假不真实。但似乎又有点抽象：被虚伪是不是虚伪？虚伪与被虚伪什么关系？人与人的关系？领导与群众的关系？皇帝与庶民的关系？似乎也不是。这让我想起了著名的安徒生的童话《皇帝的新装》，两个骗子裁缝把皇帝虚伪了，赤条条上街游行去了！骗子就是虚伪，被骗就是被虚伪。这么看虚伪并不可怕，看清了不被骗就好，而被虚伪就可悲了！还可能再虚伪别人。再看看过去的皇帝，万岁万岁万万岁！庶民被虚伪了，皇帝也是被虚伪的，以为是真的！看来虚伪这个东西自古就有到处都有！

　　但现实社会那么多虚伪被虚伪仍让我感到诧异，在我们周围似乎没有多少真实，无论思想思维情感行为语言都好像虚伪着或被虚伪着，世界似乎被颠倒了，善良被看成伪善，邪恶被看成理所当然，正义被看成有所图谋，虚假丑行暴力反而能接受甚至喝彩！正确的道路偏不走非要走歪门邪道！人与人不同也就罢了，同一人也口是心非，言不由衷！中国人到底怎么了？好像患上了虚伪被虚伪依赖症！碰到不合理的事就认为"存在就是合理"而平衡了。于是骗子满天飞，好事变坏事好人变坏人，互相虚伪被虚伪着还觉得"顺其自然乐在其中"。整个现实中除了钱和广场舞是真实的，其它都被虚伪了？

是的，我们的意识形态曾经被虚伪过，但改革开放也三十多年了，世界早已展现在我们眼前，互联网更扩展了人们的视野，我们的思想行为真不该继续虚伪被虚伪了，更不该被金钱虚伪了！还每个人真实的自己，还社会真实的社会，只有回归真实，世界才会真正的越来越美好……

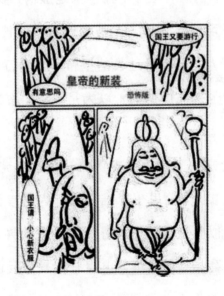

可怕的"手机控"

人生感悟之 67

之前说过：信息浪潮十几年前就开始了，而现在的移动互联网才是真正的信息革命，将使世界发生天翻地覆的变化，包括人类的生活方式，甚至社会形态，对生活方式的影响已经显现如购物方式人与人交流沟通方式等等。最明显的表面现象就是智能手机迅速更新换代，功能越来越强大，现代人越来越离不开手机了。

据美国的统计资料，近年智能手机产销快速上升，全球去年达 10 亿台，主要是中国和印度市场。平板电脑增幅趋缓，而传统 PC 明显萎缩。这已反映出未来智能手机的重要地位。美国人平均每天使用智能手机一个小时，平板电脑半小时，比以前肯定是增加的。中国没有相关统计资料，但看看我们周围，估计不知比美国高多少倍！有的人手机不离手，除了睡着了，其它时间都在玩手机，被手机控制了，称为"手机控"。

这种现象在青少年中更为普遍，想想当年的网吧，让多少青少年沉迷其中，让多少父母心急如焚！这种成瘾着魔的状态就是鸦片一样的作用，称之为精神鸦片。当年西方列强想用鸦片来控制中国，如今的互联网+智能手机所起的作用恐怕比真正的鸦片更厉害！

再看看"手机控"们都玩些什么，微博微信也就罢了，还能了解一些东西，更多的还是游戏，乱七八糟的视频，无聊的花边绯闻，低级的情色小说。没拿着手机就像丢了魂似的都不知道该干啥！对于这样青少年的家长来说，情况很严重，形势很危急。其实从国家管理层面都应该意识到其严重性，当然这是一个全新的课题但也必须认真面对……

论乌克兰危机

人生感悟之 68

不出所料，正如我在"论普京崇拜现象"及"俄罗斯与美欧搏弈……"中预见到乌克兰政治乱局——克里米亚独立并入俄联邦——乌克兰东部效仿克里米亚……，一个个正在变成现实，这不是本人厉害，而是普京太厉害，这一切其实都体现着普京的战略意图及其政治智慧和胆识。而这仅仅是开始，今天香港凤凰开始播"强人普京"，标题远不够全面，本人之前总结过：智慧的政治狂人，智慧甚至狡诈，自信强硬，更重要的是有政治远见。普京崇拜也远不止俄罗斯中国印度委内瑞拉，普京的光芒已照到全世界！

普京快成神了，全世界都被他玩弄于股掌之中，而且游刃有余，乌克兰一系列变局对他来说是小菜一碟！都在他轻松的策化中一步步成为现实，囊中之物，预料之中。全世界各国首脑们惭愧吧？智商情商政商父母给的没辙！

而当乌克兰面临山河破碎，欧美各国首脑焦头烂额之际，普京却愉快地喝著伏特加一览众山小，笑傲江湖！后面的精彩他已运筹帏幄，成竹在胸……

后面的计划已非常清晰了，普京作为胜利者已不用再追穷寇了，都在地球上混，面子还是要给的，引起公愤也不好。参加美欧乌俄四方谈判已算是普京低姿态了，然后再以和平使者的身份出现：放弃对东乌克兰主权要求，这已给欧美好大的面子而心存感谢，而乌克兰已感激不尽泪流满面。但已埋下伏笔，以后乌克兰还得看俄罗斯的脸色（普京又达到一个既定的目标，东乌克兰本来就不是他的目标），而克里米亚就这样了！别不给面子！（这才是主要目标）。服了你普京！ 一石几鸟啊!? 就这样吧，拭目以待！

坐在路边鼓掌的人

人生感悟之 69

看了这篇《坐在路边鼓掌的人》，有点感动，就用作标题吧。这是一个母亲讲述自己女儿的一些小故事，勾勒出一个纯真善良可爱的小女孩形象，尤其那句话：当英雄路过的时候，总要有人在路边鼓掌，我不想当英雄，只想做坐在路边鼓掌的人。这出自一个 12 岁的小女孩之口，已感受得到她美丽的心灵，而这平凡而高尚的人性，对照当今浮躁扭曲的现实，足以显示她的美好！在这里那些所谓的学习成绩专长特长都显得不足挂齿甚至一文不值！

这让我想到自己的女儿，那天我把这篇文章转发给她并附言：像你吗？过了一会她回：挺像，还附了一个害羞的表情，我又小感动了一下，便回想起很多往事。女儿婴幼儿的时候就很乖，晚上从不哭闹一觉睡到天亮，平常也不会无故哭闹。那时我就觉得她心态平和善良。有一次一直呕吐喝水也吐，白天都没小便，人也软绵绵可怜兮兮的把我吓到了，抱到医院打吊针，一瓶还没打完尿了一大泡就好了回家了。还有一次生病整夜咳嗽，翻来覆去还会轻轻的叹息，让人心痛，一大早就抱到儿童医院，还好很快就好了。总共就这两次医院看病的经历。女儿慢慢长大（现在觉得好快啊!），学习成绩也总是中上，课外也学了一些，学弹电子琴才二三个月，都能自己按五线谱弹奏了，让我有点吃惊，但她手指太细长，末端关节太弯曲，难以用力，被老师批评两次就不乐意弹了还委屈地哭了，就不再勉强她了。还学过绘画写作文什么的，后来学习繁重也就不了了之。平时和比她小的小朋友在一起她总是想着别人照顾别人，她不会去争去抢甚至谦让，让人觉得老实可靠又担心被人欺负，只能多关心她一些。她富有爱心还特别喜欢小动物，小狗小猫小白鼠甚至蜗牛。高考结束后她说要学医，我支持她（虽然现在医疗环境并不好），因为我相信她会成为一个好医生，她现在三年级了，更觉得我的判断不会错。前不久她发给我一篇她大一时候写的在网站发表的短文《父亲的蜗牛》，让我想起早已遗忘的一段往事，又被感动了好久。

《坐在路边鼓掌的人》之所以令人感动，是因为那些本来人类具备的美好的人性和价值观似乎离开我们的现实很久很远了，看看我们的现实吧！有权就贪，有点钱就想当土豪当恶霸当暴发户，有点特长就想上星光大道达人秀上春晚一夜成名一夜暴富，有点利益就抢就争个你死我活，人人想成功都想当第一名，做不了第一名也觉得自己是第一名还看不上真正的第一名。家长不够成功就把希望寄托在孩子身上，有条件要上没条件创造条件也要上，掘地三尺也要挖掘点特长来秀一秀，攀比心理就平衡了。于是娱乐秀节目层出不穷，这就是中国文化？想当官想发财想出名都快疯了！想想也难怪，赵本山几个小品几次春晚就有私人飞机了，而我们那些世界级的科学家还两袖清风，老外是无论如何无法理解，这就是我们的特色？！

羞愧吧！咱们的价值观不能再如此地扭曲变态！回归美好人性和价值观吧，别害了下一代，不是每个人都能成为第一名，当英雄路过的时候，你为他们鼓鼓掌有什么不好呢？！

人与人

人生感悟之 70

　　根据基因遗传学研究，认为全世界的人都是来自非洲的 7 位女性的后代，经过不知多少年多少代，繁育了现在 70 亿人，人类文明达到空前繁荣，互联网已遍布全世界，借助高科技望远镜，我们却能看到一百二十亿光年远的宇宙模样，发现的外太空类地行星可能宜居，虽然无比遥远也让人无比激动。总之人类智力空前发达，也体现了进化的巨大力量，也说明了人与人有那么显著的不同。

　　今天看到微信转发的"超女辱骂中国军人……"，是旁观者如实记录的事件过程和图片，一个叫唐笑的"超女"硬闯湖南广电大楼，与值勤的武警战士发生冲突，战士是忠于职守，超女恶言相向飞毛腿踢到战士裆部，小战士维护军人尊严扇了她两个响亮的耳光（真解气啊），结果是超女以"弱势"得到"粉丝"同情，而小战士当晚在有关领导陪同下到唐笑住的酒店去向她赔礼道歉，还面临处分甚至被开除。这是什么情况？让人不止是心寒更是怒发冲冠！超女是什么玩意我不讨论，唐笑是谁我没听说过，只是有点名气就觉得高人一等就可以飞扬跋扈就可以藐视规则甚至法律？实在可悲可笑！怪不得那么多人艰苦卓绝不择手段争当明星超人达人，这就是咱们的东方文化之一？网络就不看了，看了会吐血，让那些无脑精神病似的"粉丝"聒噪去吧，更用不着跟愚蠢去争论。更悲催的是那些领导还让小战士赔理道歉，凭什么？因为被扇耳光的是超女？岂有此理！这就是咱们的"领导"，还有尊严吗？想当哈巴狗？这让我想起去年一个体育女明星回国，有个副省长亲自到机场迎接送花，副省长就干这事？有病吧！

上述的例子只是为了说明人与人不平等是中国文化显著的劣根性之一，人类走到今天科技高度发达，民主文明席卷全球，而咱们有悠久历史的东方大国却依然故我缠足不前呢？把快乐建立在别人的痛苦之上，把奴役他人当作自己的成功，这就是我们的文化特征吗？该休矣！人人平等的口号喊了多少年难道还越来越遥远了？中国人睁开眼睛看看世界吧，不能再愚昧麻木在黑暗中苟且偷生，黑暗给了你黑色的眼睛是为了寻找光明！追求平等自由并不是梦，人人平等相互尊重才是人类社会的本来面目……

关于马航 MH370 失联（2）

人生感悟之 71

马航 MH370 失联四十多天了，或许它永远失联，永远消失在不知何处，地球上或外太空？终将成谜。也许很久很久以后偶然发现一些线索已是考古发现，也许不知在某一天飞机完好再现，乘客都毫发无伤依旧年轻，而现在早已成为历史，所谓飞机进入时光隧道发生的灵异事件。

这都纯属想象，最近盛传英国报道的飞机降落在阿富汗也是无稽之谈，之前探测到的可疑黑匣子信号不会再出现，水下巡航器也没发现那怕一点儿线索。决心在慢慢磨灭，机会在渐渐消失，MH370 真的要成为千古之谜？

马政府越来越轻松了，这个难解之谜挽救了他们，躲过一场劫难。本人仍然坚持之前的判断，飞机是被机组人员劫持的，是不是坠落在现在搜寻的区域都很难说，但马政府相关官员应该是知道的，还有几个大国也可能知道，因为涉及某些机密当然不会解密，总之此事件已成谜，所有猜测都没有任何依据了。但仔细分析整个事件的过程，兜了这么大圈子浪费那么多时间才转到现在搜寻区域，仍让人生疑。

人们仍然期望有奇迹发生，但这个奇迹恐怕最多只能是发现飞机的一些线索。当然最大的奇迹只能寄希望于时光隧道了……

你和我（银婚纪念）

人生感悟之 72

请告诉我　你的快乐

让我与你分享　一起陶醉

便是双倍的欢乐

请告诉我　你的忧愁

让我替你分担　一同承受

就只剩下一半而已

请告诉我　你的理想

让我与你一起幻想　一起走过

美好的未来　就在不远处等候

请告诉我　你的追求

让我和你一起奔跑

幸福　便触手可及

请告诉我　你的愿望

让我和你一起守候

就会看到一个美丽的传奇

请告诉我　你的梦想

让我牵你的手　一起找寻

也许有一个惊艳

不经意间　被你发现

请告诉我　你的相思

让我们在一个枫叶飘落的深秋

梧桐更兼细雨　回味无穷

请告诉我　你的感动

让我们一起飞翔

穿越时空　一起感受

请告诉我　你的幸福

让我拥着你　一起跳舞

共同镌刻　爱情的年轮

心　境

人生感悟之 73

　　这是一个很难讨论的命题，但是看到我们周围乃至全中国全民浮躁的现状，只能浅浅议论议论。没看到中国旅游团走到哪里都会让老外晕菜或瞠目结舌，老头老太的广场舞也跳到国外去了，还看过两篇搞笑的微信《嗨，什么都别说了，中国人来了》《中国人让上帝都崩溃了》，都反映着国人的浮躁。本来中国人是内敛的，如此浮躁的状况在历史上都少见，这又是什么情况呢？其实就是欲望难抑欲火喷张，但别忘了欲火焚身这个成语，欲火太盛最终是骄奢淫欲，最后就是自身毁灭，古巴比伦文明与古罗马文明的消亡就是前车之鉴！现在网络上都是"心灵鸡汤"，但杯水车薪是扑灭不了欲火的，不从文化及信仰的角度彻底洗心革面是不能解决问题的！

　　浮躁只是心境的表象，从医学角度深层次的原因是竞争压力+信仰缺失+不满现实+前景迷茫彷徨……而导致的焦虑。中国三十多年改革开放主要是经济领域，伴随着过去信仰的破灭，而金钱权力成为人们主要的追求而没有形成好的信仰，这种状态的表现借用朋友的总结："他们急于成长，然后又哀叹失去的童年；

他们以健康换取金钱，不久后又想用金钱恢复健康。他们对未来焦虑不已，却又无视现在的幸福。因此，他们既不活在当下，也不活在未来。他们活着仿佛从来不会死亡；临死前，又仿佛从未活过……"，这就是当今国人的心境？这还不算坏的，如今摔婴砍童杀医不时见诸报端，昨天福建闽侯发生一起故意撞死 7 人的恶性事件。这种极度浮躁的状况正如我在前面形容的如哧哧冒着黑烟的炸药包，随时都可能爆炸！政府该做些什么呢？

每个人都有自己的心境，心境是微弱，持久，具有沉浸性的情绪状态，如得意忧虑焦虑等等。古人及惮悟中都强调"心静"，就是心境要平静宁静，所谓"非心静无以言学，非宁静无以致远"，心境宁静才能思考才会有思想和灵魂，但如今现实环境中，心灵之树欲静，而浮躁之风不止，如何是好？

改变一个民族的文化比改变社会还难，树立民族信仰需要时间，已迫在眉睫，必须马上行动，但只要走以法治国的道路，前景是光明的，浮躁是暂时的。个人也都需要沉淀，要有足够的时间去反思，才能让自己变得更完美。

侃美国总统

人生感悟之 74

这几天奥巴马的亚洲四国行正在进行中，新闻媒体又热闹起来，奥巴马讲的话都会被解读讨论，今晚播出的"一虎一席谈"讨论的就是这个话题，涉及钓鱼岛南海及美国亚太再平衡战略等等。其实也没必要过分解读，咱该干啥还干啥，按自已的战略策略办。

今天并不想讨论上述问题，只是想调侃调侃美国总统，他们自已的娱乐节目常干这事，咱们中国谁敢？不要命了！也有不怕死的，那个叫波波的可能吃了豹子胆或熊胆，干过一回（还有其它针对社会政府的言论非常精辟又搞笑），让那么多观众替他捏了一把汗，担心看不成"壹周立波秀"了。这都反映中美文化不同，加入美籍的赵本山的小品被美国人反感鄙视是因为调侃的是智障或残疾人，却在中国赚得盆满钵满。在美国就不行！只能把总统名人拿来开涮，谁让你是总统名人呢？

美国总统就该这么倒霉？还不遗余力去竞选！其实美国总统都是政治精英，本来都是州长参议员什么的，竞选总统还要过五关斩六将，容易吗？每过一关都要各州跑，可怜兮兮拉选票，还要多次面对面电视辨论，练口才啊?政见不合打起来怎么办?选上总统的时候都快被累死了(没选上的就更可怜了)!选上又如何?还是个累!别只看美国总统在国际上万众瞩目神气十足，其实国内国际任何突发事件都得亲力亲为，美国总统恐怕是世界上最苦逼的职业!怪不得小布什一有空就跑回德州的农场放松放松。他们的日程经过精心筛选后也必定排得满满的，忙并快乐着，也必定有痛苦焦虑。媒体想骂就骂，时不时来个民意调查，支持率多是逐渐下滑，灰头土脸压力山大!那有什么花天酒地，浪漫也别奢望了，克林顿就抽空浪漫了一下就差点毁掉政治生命!苦啊!好不容易干完一届还要争取连任，再竞选一回。没有健康的体魄和优良的心理素质是不可能坚持活下来的，美国总统可不是为了那点薪水，纯粹是自身价值的实现，甚至可以说是上天派来给美国人民打工的，这才是真正的公仆!佩服佩服!退休了也没闲着啊，老被任命为特使到危险的地方"解救"被捕的老百姓或到灾区救灾，美国人民应该知足感恩了!

美国有伟大的总统也有被弹劾辞职的总统,总的来说还是让人钦佩心怀敬意。

啊！大学

人生感悟之 75

告别大学生涯很久了，三十多年弹指一挥间，恍然一梦，醒来发现快不认识现在的大学了！

三十多年前的大学全国也就两三百所吧，大学生都是千军万马过独木桥走过来的，天之骄子！大学是莘莘学子心目中神圣的殿堂。回忆起大学生活仍然历历在目，远不是没考上大学的同学所想象的青春浪漫诗情画意鸟语花香。那个年代的大学生入学时大多是十六七岁的少年，还是孩子呢，很单纯，大学生活很简单，三点一线就是宿舍食堂教室三点连成一条线，晚上都上自习还要先占座位，好象座位永远不够用，考试前就更拥挤了。偶尔集体活动，娱乐似乎只有看看电影，空闲时间还是看点其它书或无聊地闲逛。三四年级有一些谈恋爱的，也羡慕嫉妒啊但又似乎可望而不可及，那时候可能发育比较晚又没经济基础，环境也太严肃了一点儿。然后就毕业了各奔东西，挥挥手没带走半片云彩。只留下偶尔梦中的神游。

如今的大学怎么样了?没有身在其中也能感觉出来，当年的北大清华在亚洲排名也在前十名之内，现在呢?曾经无数学子梦寐以求的最高学府都快成为美国大学的预科班了！中国年轻的精英有多少去了美国？又有多少回国服务？这个数据是一目了然的，然而又有几个人去关注忧虑这对中国未来的影响呢？美国的强大与其人才战略密切相关，而我们都在干什么想什么呢?!

毋庸置疑，问题还在我们自己，近三十年来是谁把中国的大学弄成现在的样子？经历了市场化国际化（大规模合并）产业化三大高潮后，全中国现在有两千多所大学，而每所大学招生人数又是过去的多少倍？大跃进啊（之前也议论过）！为GDP作出了多少贡献？大学成了文凭批发户！而中国大部分家庭都是大学的灾民，还有有识之士尖锐地指出，中国大学已成为消失童年浪费青春消磨斗志回报渺茫的人生圈套！还有人列举了大学的种种弊病：校长官员化，行政官僚化，招生产业化，扩张盲目儿，文凭贬值化，财政腐败化，授课形式化，学术边缘化，科研虚伪化，教授娱乐化，学者江湖化，学生堕落化，作弊正常化，情爱游戏化……。惨不忍睹啊！教育家大师们都上哪儿去了呢？本人在大学兼职讲课十多年，没见过一个学校本部人员！他们如何保证教学质量！无语了！

啊！大学！我们曾经的自由思想的摇篮和精神家园，呼唤你的回归……

书

人生感悟之 76

世界读书日刚过一周，1995 年联合国科教文组织宣布四月二十三日为"世界读书日"，全称为"世界图书与版权日"，也叫做"世界图书日"，其目的是推动人们阅读与写作。

书籍是知识的宝库，思想的精华，智慧的结晶。书是人类的好朋友，它可以帮助塑造你的人格，提升你的品格，扩展你的视野，陶冶你的情操，启迪你的智慧……。高尔基说书是人类进步的阶梯。书伴随人类文明的进步和发展一路走来。

读书是现代人生活的一部分，关于书和读书的名言数不胜数，摘录一些与大家分享。培根：读书能给人乐趣，文雅和能力。读书在于造就完全的人格。阅读使人充实，写作与笔记使人精确，诗歌使人巧慧。歌德：读一本好书，就如同和一个高尚的人在交谈。莎士比亚：书籍是全世界的营养品，生活里没有书就好像没有阳光，智慧里没有书就好像鸟儿没有翅膀。高尔基：书籍是青年人不可分离的生命伴侣和导师。书是知识的泉源，只有知识才是有用的，只有它才能使我们在精神上成为坚强忠诚和有理智的人，成为能够真正爱人类，尊重人类劳动的人……。中国人对读书的名言也多了去,用两句来概括:书中自有黄金屋,书中自有颜如玉。万般皆下品,唯有读书高。虽然有点功利主义色彩,也足以说明读书的重要性。

但现实情况怎样呢?昨天看到一个资料说国人每年每人平均读书 4.77 本,不知道如何统计出来的,不得不怀疑其真实性,看我们周围就觉得读书的人越来越少。目前全中国每年出版的书籍数量还不如欧洲一个大出版社,难于想像吧!西方国家的国民爱读书是有目共睹,北欧的瑞典世界排名第一,年人均 79 本(也有资料是以色列排名第一,匈牙利第二)。据说日本人也爱读书(年人均 40 本),上次在动车上旁边的乘客上车就看书直到终点站,一看是日文。也许有人说咱们现在看电子书,但不可否认的是用智能手机看电子书往往浅浅掠过,难于全面深入,就算被那么多"心灵鸡汤"营养也没用,还是营养不良!

现在书店越来越少,图书馆冷冷清清,出版社也关闭了不少,这是不争的事实,是否应该引起"校长们""教育家们"的重视呢?

啊！青年

人生感悟之 77

　　"五一"小长假刚结束，就是"五四"青年节了，一点感觉都没有，今天早上看到昨天习主席到北京大学的新闻报道，才想起昨天是青年节。告别青年很多年了，没去关注也不奇怪，但回想一下近几年来好像没看到相关新闻，年轻人都不过他们自己的节日了？

　　再想想也没啥可奇怪的，中学生都在为中考高考奋力拼搏着，哪有心思去组织或参与什么青年节的活动，虽说现在中学生都是青年团员，恐怕早就形式化了。共青团是青年的先进组织，但如今这个先进恐怕只能体现在学习成绩上了，其它方面也只能服从于这个大方向了。这又如何是好？再看看大学吧，中国大学的现状我之前也议论过，其中有学者指出大学成了大学生消磨青春的场合，本人非常赞同。多年来，高考这个紧箍咒压抑了多少青少年的自由和欢乐，当他们从这个紧箍咒解放出来进入大学，那是何等轻松和欢愉，还不好好享受一下？把之前失去的欢乐统统补回来？应该给予理解，于是乎想干嘛干嘛，等他们玩乐得差不多了，又面临毕业后就业压力，而前景如此渺茫，还不如继续玩乐，游戏情爱何乐不为？曾经的梦想理想人生目标都化作烟消云散……。当然，并非所有大学生都如此，但人多如此是可以想像的。就算大学毕业后顺利就业又如何？要结婚房价如此虚高，有了孩子又要考虑上好的幼儿园和小学，还有精力去关心国家关注社会？

呜呼！青年是国家的未来，是最有激情最有自由思想最有崇高理想及人生目标的一个群体，引领社会新思想新思维，推动着社会发展进步及变革。历史上多少热血青年为了人类社会的进步奉献了他们滚烫的青春。而如今的中国青年们真的被中考高考就业压垮了吗？热血不再，豪情壮志不再了吗？真的令人担忧……

论乌克兰危机（2）

人生感悟之 78

乌克兰危机升级了，也正如之前所料，东乌克兰地区效仿克里米亚，搞公投要独立想加入俄罗斯联邦，如火如荼，亲俄势力形成自己的武装力量与乌克兰政府对抗，内战已经爆发，也打了几下，但由于其各方面的特殊性，这种战争像小孩子之间打架而已。

东部亲俄武装是铁了心的，当然肯定有俄罗斯的支持，不然群众这么快就形成武装力量，之前身份不明的军人可能也是来自俄罗斯部队，再之前连欧安会人员都敢拘押，先来一个下马威。俄罗斯在边界也陈兵四万，但主要是形式上的支持，先让东乌克兰搞乱，独立更好，手上的牌就更好打了。这都是普京的精明之处，都是先下手为强，已经是他的风格了，而且不知不觉，就算你欧美心里有数又咋地？有证据吗？但是否同意接纳加入联邦已经不重要了，之前本人就说过，克里米亚才是关键！也接纳了阅兵了，但国际社会还没承认，所以东乌克兰就成了重要的筹码，到时候用这个筹码换克里米亚，这才是最重要的目的，而东乌就算还是乌克兰的都无大碍，还是潜伏的定时炸弹。普京再一次成功了。

可怜的乌克兰！这二十年都在内斗，经济军力如此不堪，怨不得别人，按咱们的传统意识，东乌不止是恐怖活动，而是武装叛乱，非镇压不可！只怪自己力量薄弱，打都打不起来，还希冀着欧美帮你出头，你自己先打出个样子别人也才好帮你呀！没办法，还是先把自己的选举搞定，新政府正式上台再来对付底气会足些。应该还来得及，搞清楚俄罗斯对东乌的真正意图就不用慌了。

欧美虽然惭愧，最近倒是很平静，可能心里有数了，无论如何还须政治解决，武力只是威慑，若真的出兵最多是联合国维和部队，进一步行动都得选举之后了。

普京准备来中国访问了，司马昭之心也。天然气价格必须狠宰，他可能依然嘴硬，但内心是虚的，咱千万别再上当受骗！我们还可以有很多要求，可以慢慢来，口头上支持支持他就行了！他们可能以后还会给我们克里米亚经济建设方面的诱饵，千万别去淌这浑水，别为了俄罗斯而置大多数于不义！

论"女汉子"

人生感悟之 79

今年热门的新词汇"女汉子",大概是热播的电视"爸爸去哪儿?"里田亮的女儿森碟表现不错,深得观众喜爱,却被冠以"女汉子"称号。估计是因为森碟继承了其父奥运冠军的体育天斌,活泼好动,体力耐力惊人,吃苦耐劳,直爽而乐于助人。其实她漂亮可爱,性格阳光,笑容灿烂,哭就大哭,可伶兮兮的模样让人心疼,长大了必定是阳光灿烂的大美女,被冠以"女汉子"实在有点名不符实。

之后"女汉子"这个词汇就经常听到见到,有人在网络上用漫画形式描述了女汉子的各种表现,挺准确的。其实所谓"女汉子"就是指具有某些汉子性格的女人,表现在语言及肢体动作、表情、穿着特点、待人接物、以及对烟酒及荤段子的态度等等方面。总的来说就是直爽豪气,大大冽冽不拘小节,体力好,穿着不随大流自成一体或偏男性化,胆大喜欢独来独往,对烟酒荤段子泰然处之甚至是高手,从无娇羞之态,自然而不造作,等等。当然并非都要具备,某方面的表现突出便可以算是女汉子了。

女汉子这个词汇不知源于何时何处,但自古以来女汉子并不少见，替父从军的花木兰，名字倒是女娃子，但绝对是女汉子，虽说那时不用洗澡，但从军数年没被发现没被骚扰只能说太像男人甚至比一般男人更男人。佘太君，穆桂英统领三军，这也不是只要是男人就能搞定的，还有下属一个专使烧火棍的，五大三粗能吃能睡，女汉子莫属。水浒里的孙二娘扈三娘，在土匪营里混，虽有老公罩着，自己不是女汉子恐怕难免被骚扰的。还有秦香莲，似乎是柔弱妇人，本人还是觉得也是女汉子，有坚韧不拔鱼死网破的气概，否则怎会闹到包拯那里？那个祝英台，舞台上描绘的都是娇羞淑女模样，可能吗？与梁山泊同窗数载而没有表露女儿身？必是女汉子。红楼梦里几乎都是美女，金陵十二钗里的史湘云好像有点女汉子味道。倒是金庸梁羽生武侠小说里的众多女侠，本来理所当然都是女汉子，甚至应该是女汉子中的战斗机，但个个貌美如花含情脉脉，或冷艳并不冷酷，而又身怀绝世武功，可见武侠文学作品纯属虚构！

现代版女汉子太多数不过来，那个日本的女间谍"东亚之花"应该是，搞体育的人群可能相对较多，女军人中也有可能稍多些。那个嫁给传媒大亨的中国太太可是一个标准的女汉子，形体威猛，大笑时豪爽，严肃时有点狰狞，有一次记者招待会，袭击者刚要对她老公下手，说时迟那时快，坐在后排的她一个"九阴白骨爪"盖过去，袭击者落荒而逃，中国功夫耶！其实在大家周围都能看到女汉子的身影，与娘娘腔的男淑女相辅相成，相得益彰！

决定女汉子性格的主要因素肯定是遗传因素，当然家庭教育尤其幼儿时期家庭环境及教育最重要，学校教育及社会环境因素也很重要。女汉子并不是什么性格缺陷，算不了什么，存在就是合理的，也许还是咱们社会生活中一道不错的风景呢！

论印度大选

人生感悟之 80

印度大选结果今天出炉，人民党获得压倒性胜利，莫迪成为印度新总理已无悬念，人民党获得议会半数以上席位。本次大选66%的选民参加了投票，老牌的国大党惨败。其实选举本质上并非党派的胜负，而始终是公民的胜利，民主的胜利，党派不过是个象征而已！

印度大选也不是第一次了，但其民主选举制度如此成熟完善，还是让包括我在内的大多数中国人颇感吃惊。在许多中国人传统意识里，印度仍然贫困落后，人民生活水深火热。还记得看过印度人超载严重爬满火车顶上的图片，城市里没有厕所等等。本人也一直以为印度比咱们起码落后十年以上。其实不然，他们已经当仁不让地冲上来了，来势汹汹，而我们还在一边看热闹！

这次大选，参加投票人数达 8.4 亿，投票历时 36 天，堪称人类历史上最大规模的选举活动，选举过程顺利有序，没听说有什么舞弊或丑闻，令全世界瞩目。这充分说明民主意识已深入国民人心，在这样民主制度背景下，其经济发展后劲不可小视，当选总理莫迪就是靠其经济方面的成就而声名鹊起，其本人亦信心满满，认为近十年印度仍将持续高速发展。印度经过近二十多年的高速发展，国力已非昔日，如果再经过十年高速发展，很快就会赶上中国！

而咱们已经历了 18 个月持续的经济下滑，经济学家许小年说中国经济衰退才刚刚开始，而且这个衰退不是周期性的而是结构性的，是难以逆转的。就说对房地产的态度吧，如今是骑虎难下，有人称之为"囚徒困境"！要解决这个问题，已足够考验新一届领导班子，办法总是有的，但无论如何不能让房地产马上崩盘，否则就掉入"中等收入陷阱"。

重要的是找到经济发展的潜力，新增长点在哪里？其实对于中国经济，解决问题的"牌"还是有的，自身都可以逐步解决。更关键的并非只是经济问题！印度有的东西还是值得我们学习的，他们已完全西化，咱们可能做不到，新加坡"国家资本主义"也并非好的选择，以法治国可能是一条捷径，"论法制"中论述过……

关于黄海波……事件

人生感悟之 81

今早随意翻阅报纸看见"黄海波嫖娼……"，咦？黄海波是谁？好像有点熟，再看照片，哦，是那个"咱们结婚吧"电视剧里的男主角"果然"，果然出事了！

"咱们结婚吧"是我很少下载来看完全集的电视连续剧之一，对男主角印象不错，觉得演员和剧本中的人物很相符，忠厚老实又有点个性，为人正派。应该说是个实力派演员，报纸上说还演过其它几部不错的电视剧，算是当红的明星，还被誉为"中国好男人""国民老公"，因为其饰演的大都是中国好男人形象。

想想还是有点奇怪，这几年很少听说抓嫖娼这类事了，也就不久前东莞彻底大规横扫黄，效果很好，这次也是东莞扫黄的延续？再看报纸说是有人报警，有人报警当然要出动警力抓人的，还分析报警人可能是为黄海波开车的司机，应该可能性很大，难道拖久了司机的工资？

如今嫖娼这种事已不值得报纸曝光了，谁看呀？除了贪官和名人，黄海波够倒霉，撞到枪口上。若是十年以前，一个人的前途就完全毁了，还要拘役罚款。现在最多也就是批评教育，人家未婚，又不是刑事案件，算不了什么。下午就看到相关微信，多是搞笑，说会影响代言的产品，有个网友评论：实在人！宁愿花钱去嫖娼也不去潜规则后辈，不愧黄老师称号！还有的更雷人：没女朋友没结婚没出轨，不搞潜规则，不玩女明星。自己花钱解决，没用公款不开发票，艺人典范，业界良心！

所以，该事件对海波及代言的产品会有什么后续的影响真的很难说，现在不是很多明星靠绯闻来提高知名度，而且很成功，代言的产品可能更畅销呢。

好了，也别拿人家开涮了，媒体也别老拿这件事发挥了，也就一个小新闻而已，更别与什么素质道德之类挂钩，当然，也不要把这说成高尚典范之类，毕竟也不是什么光彩的事，就让它过去吧！

论越南对华暴力活动

人生感悟之 82

前几天菲律宾扣押中国船员，还态度强硬不理中国政府释放船员的要求，而越南这边精神病又发作了，开始了对华人企业和华人的打砸抢暴力行动。还说明天（5月18月）还要举行更大规模反华示威游行，游行也就罢了，恐怕还想顺便搞一个更大规模的打砸抢，还能捞点油水。

太猖狂了无法无天了！其实这并非泄愤顺便捞点好处这么简单，实则是呼应菲律宾扣押中国船员，争对南海问题造势而已。今天看凤凰新闻，台湾方面倒是反应剧烈，军队也重兵待命，大陆方面动静反而不大，何故？

越南政府方面虽然做出了一些保证，但知道本次暴动事件的前因后果，就不要对越政府抱有什么指望，可以想象这一事件就是其政府暗中推动的，想以此对南海问题向中国施压。

中国政府对此应该是有预案和部署，我在"论中国近邻"中就说过，在南海捣乱最凶的就是越南菲律宾，还敢造次就狠狠治他们一下，眼下就是机会，越南不是在咱们移动钻井平台附近捣乱吗？咱派军舰保护，先威慑，若有擦枪走火就干脆打到他的金兰湾又如何？中越在南沙西沙又不是没打过，那时咱们的军舰又旧又小，不是照样打得他屁滚尿流！发扬当年的革命精神，灭越南的威风，长中国的志气！

论"男神"

人生感悟之 83

刚才议论女汉子，觉得有必要议论议论"男神"，最近这个词汇也在网络里经常出现，好像是形容韩国影视的两个帅哥，一个是李××，今年春晚还来唱了半首歌（两人合唱），并没觉得特别帅，另一个是谁不知道，但听人说不久前来中国表演了一下就卷走了两千万人民币！看来这娱乐方面的内需还是很旺盛的，但内需却转换成进口了。还有一个被中国人称为男神的前几天也来过中国，他就是俄罗斯总统普京。

男神这个称谓不知起源何时，本人几个月前才见识，至于起源何处，必定是与女神对应。但无论如何是不能与女神相提并论的。女神这个词汇起源西方古代神话，也就谬斯女神雅典娜女神，近现代好像只有个自由女神，都不是真实存在过的人物，女王女皇王后也都没称为女神的，中国古代四大美女也没有，武则天也没有吧。所以突然冒出男神这个词汇或称谓总觉得不对劲，也不知是韩国还是中国发明并抄作起来的，但肯定是那些年少无知幼稚脑残的小女孩们整出来的。不知两个韩国帅哥对此有何感想，也许沾沾自喜飘飘欲仙吧，千万别！而普京意下如何？也许一笑而过吧。

别当真了，这是肤浅之人娱乐出的一个肤浅的称谓，游戏娱乐而已。历史上多少伟大的人物也没被称为男神，凭一个漂亮的脸蛋，演一两部电视剧，摆个有型的 POSE，露一个酷酷的笑容，开两场演唱会，就成男神了?中国十四亿人，漂亮的不会少，还是不用整形的!而对普京来说，不是靠年龄和脸蛋，更多的是一种崇拜，目前世界上最强悍智慧的政治家!份量是足够的。但与男神也沾不上边，不过普京喜欢秀自己，或许喜欢这个称谓呢？本人仍然觉得普京没那么肤浅吧。

总觉得男神这个词汇怪怪的，甚至不完全是褒义词，就不进一步议论了。今天看过一个微信讲男人的层次，要求可高了，总的来说男人内涵重于外表，品格重于能力，责任感重于强壮。想到很久以前看过的故事，说的是英国诗人拜伦高大英俊激情澎湃诗意盎然，也就是现在说的男神，让很多贵妇人无比崇拜，不顾一切追求与他的"爱情"，结果被玩弄被抛弃，这个拜伦就是个玩弄女性的败类。但如今人们思想观念完全不同了：谁玩弄谁还说不清楚呢!

乌克兰危机（3）

人生感悟之 84

　　乌克兰总统选举，结果是波罗申科轻松获胜，这几天舆论很平静，俄罗斯方面也没有对选举作什么表态，沉默也就算承认选举结果了。但东部还在战斗，前两天乌军飞机被击落还牺牲了十四人。不过总体形势似乎有所缓和，等新总统走马上任后再说。

　　波罗申科选举前放言：如果他当选总统，三十天摆平俄罗斯，这句豪言壮语如果为拉选票完全可以理解，但他似乎是有底气的，选举结果出炉后俄罗斯的低调反应已见端倪。但"摆平"俄罗斯没那么容易，"摆平"到什么程度的问题，完全摆平几乎没有可能，也就是克里米亚，已被俄罗斯吞进肚里，再吐出来还给乌克兰？可能吗？普京是谁啊！巧克力与克格勃 PK？什么结果不用多说。不过乌东部可能是可以摆平的，本人已多次分析过，普京的主要目标是克里米亚，你们看克里米亚公投结果一出来第二天普京就签署文件法理上已加入俄罗斯联邦，简直就是闪电式手法。而乌东部就完全不一样了，筹码而已。

　　后面就是谈条件了，用东部的筹码换取对克里米亚入俄的承认，OK！GAME　　OVER。

论"凤凰女"

人生感悟之 85

无论凤凰女或凤凰男,都源于"山窝窝里飞出的金凤凰"这句话,形容偏僻边远贫困地方的孩子通过高考金榜提名,鲤鱼跳龙门,成为成功有身份的城里人。所以这个凤凰女或凤凰男是高考制度恢复后的产物,也就三十年的历史。

他们再经过数年的个人努力,有了一定的地位和经济基础,甚至当上了领导有灿烂的前程,别人看来凤凰女(男)们已经相当成功了,但他们或者并不这么认为,因为还有更重要的事要不断去完成,家里的弟弟妹妹们,七大姑八大姨家的孩子们,都眼巴巴指望着他们呢!所以他们还有义务为他们的家族做出应有的贡献。这也是中国传统文化,一人得道鸡犬升天!况且也往往因为好胜好强才成为凤凰男(女)的,尤其凤凰女,中国女性永远是以家庭(娘家更重要)为中心的,于是利用自己及丈夫的所有关系及人脉为娘家无私奉献。以前看过一篇短文,讲一个优秀的男生娶了凤凰女,十多年后男生变成了平凡的职员,因为他把青春也奉献给老婆的娘家了!必须的!

那嫁给老外应该是更成功的凤凰女吧,却苦了那个老外,微信里有一篇《老外娶中国太太的下场》的搞笑文章，娶了中国太太后，她弟弟妹妹岳父母就排着队来了，一家人其乐融融，而且一家人就应该亲密无间，可怜的老外主不主客不客中不中外不外，难啊！必须提到那个最成功最著名的凤凰女邓xx，世界级凤凰女，但好像没给世界留下什么好印象。

所以有人说别娶凤凰女，凤凰男倒是好一些（有机会再论），而凤凰男娶凤凰女如何？个人认为是相当不错的组合，都聪明能干，可以相互斗智斗勇！互相切磋共同提高嘛！

论"二奶"

人生感悟之 86

"二奶"已是新词汇，百度一下便有定义（还有广义狭义）及概念等等，这个词汇应该是中国人专用，我就纳闷了，要说咱们有个什么发明创造吧，好像就"土豪""二奶""小三"之类，都不算是什么好东西，晕！

二奶发源于上世纪九十年代中期，那时部分赚到大钱的已婚中国男人，包养一个年轻漂亮的女人，私藏在外悄悄享用，这就是二奶。其实这不是什么新鲜玩意，跟中国历史一样久远，古代叫妾，宫中叫妃，近代叫姨太太，不同的是以前这都是光明正大的。在宋朝明朝规定官员不能宿妓，所以就娶回家里，有钱有势就可以娶很多妾，同一屋檐下，分房而居，叫做大房二房三房……无限房。大房是原配，明媒正娶，其它恐怕都是"不媒而合"，地位次一等二等……，但好歹社会承认，法律管不着，虽然内部难免吵闹，总的还都能摆平，也许还有助社会安定，但毕竟是文化糟粕，不可提倡。西方文化好像没这东西，就算有人家是情人关系，档次高尚多了。看来二奶现象也是东方文化的延续，只是现行法律规定一夫一妻制，只好委屈二奶悄悄地进村，开枪地不要。

但现代的二奶也非善类，强势得很，有青春有身材有容貌也没怕过谁，有的生个娃就挑战原配，要钱要房要名分，不搞得鸡飞狗跳不罢休！不过也别嚣张了，如今小三小四迅速发展壮大，来势凶猛耶！

没看到那个著名的国际小三，做博导也不过小菜一碟。最厉害的得数包养一百四十多个二奶的贪官（名字想不起来了），不只是贪的本事大，而是功能太强大，比养猪场配种的公猪还厉害！畜牲！呸！

关于大学生婚礼

人生感悟之 87

　　本来今天不想再写了,刚才看腾讯新闻报道济南齐鲁工业大学女学生毕业前结婚,在学校体育场举行婚礼,还有一个相关链接是浙江大学为 218 位毕业生举办集体婚礼,好热闹呀,安静下来后有没有想想,这是什么情况?中国这么多大学,后面效仿之,那可真够热闹,大学成什么了?婚介所?婚礼举办场所?热闹,更是闹剧!想必前面那位新郎必是土豪!

　　忍不住要议论议论,正如本人之前所论,如今中国的大学怎样了?大学生们都在干吗?不幸被今天这个新闻验证了!大学生恋爱结婚是法律允许,别人无权说三道四,但如此大张齐鼓在校园举办婚礼说明什么?想说明什么?

　　我觉得说明了这两所大学校长的脑袋出了点问题,这个还属次要,重要的是大学教育的问题,关于大学教育,有学者的批评已经相当尖锐,本来还觉得不至于此,但学校热衷于办婚礼的确太不可思议,办学宗旨丢到哪儿去了?看来学者的批评是有充足依据的,如今的大学只不过是青年消磨青春游戏情爱的场所而已!毕业了,终于修成正果该结婚了?毕业论文是关于恋爱相关主题吧？可悲吧？就业还不知何如你结那门子婚？共同迎接惨淡的人生可以不寂寞？谁对谁负责？

　　并不是反对大学生恋爱，也并非恋爱就影响学习，但主次还是应该搞清楚吧，大学生多谈谈理想人生追求多交朋友培养社会能力不好吗？如果大学只剩下谈情说爱，那中国大学真应该好好地反思了！

有了　天然气

人生感悟之 88

　　轻轻的普京走了，正如他轻轻的来，他潇洒地挥挥手，带走了比一片云彩更美丽的礼物……

　　有史以来最大的国际贸易大单尘埃落定，俄罗斯向中国出口天然气，共三十年总金额达四千亿美元。普京吃下了定心丸，再一次站在国际之颠，一览众山小，带着他特征性浅浅的微笑，左手举着伏特加，右手做了一个"V"的手势……

　　这笔大单标志着普京完胜，中国得大于失，欧美完败，连欧盟委员会主席都出面请求俄罗斯不要断了对欧洲的天然气供应。美欧首脑再一次惭愧地低下高昂的头，甚至有些老羞成怒，只能在香格里拉对话中指名道姓对中国发发狠话，何必呢？

　　说普京完胜应该没有什么异议，与中国签署的天然气大单，一定程度上化解了美欧经济方面的制裁，后面就更有底气了。中国得大于失也没问题，能源对中国的经济发展太重要了，这个大单让我们的能源供应更多元化，提高了能源安全战略，还有一个的"得"就是双方用本国货币结算，提高了人民币的国际地位。要说有"失"，只不过一定程度上"得罪"了一些欧美国家，这不用在乎，中国对能源的需求全世界都心知肚明，就算有的国家不高兴，但也无话可说。而美欧完败也不用多说了，只能生闷气了……

再来议议得失有多大，关于最后确定的天然气价格是保密的，非常正确！曾经多次谈判都因为价格谈不拢而告吹，俄罗斯坚持要高于对欧洲出口价格（每一千立方米 380 美元，认为输气管道投资更多），而他对乌克兰的优惠价格是 285 美元。咱们原来报价本人不知道，我在之前多次提到这回咱们要在价格上狠狠宰它一刀！250 美元左右比较合适（咱们从西亚进口也就 200 美元左右）。有人估计这次定价双方各退一步，如果真如此那俄罗斯占大便宜了，我觉得可能是按之前谈判时咱们的报价，而更低的价格都是对俄罗斯的大力支持。普京真应该好好感谢中国呢。

中俄关系又前进了一步，可以说是政治上的同盟，肯定让某些国家不高兴，甚至有可能新冷战由此拉开序幕，没什么大不了，当今的中国已非昔日，用不着看别国的脸色，而对俄罗斯，有必要提醒它要珍惜友情！

论高考 (2)

人生感悟之 89

　　一年一度的高考又到了，今天是高考第一天，又是壮观的场面，不同的是今年警察是荷枪实弹巡逻维持秩序的。第二个不同是今年可以异地高考，还有一个不同今年高考的气氛好像轻松了很多，有同事和朋友的孩儿也是今年高考，感觉他们都没有什么压力，进步了！

　　今年高考人数达 939 万人，比去年多 20 几万，是连续 5 年下降后第一次回升，但每年都有不少弃考的，今年还不知道多少。看我们周围不少人的孩子都跑到美国读书了，而且呈现上升的趋势，所以今年高考人数如此多还是有点出乎意外，但我上次说过，2011 年开始拐点出现了，只要想上大学都没啥问题，只是上不同的大学而已，所以压力减轻了，这倒是件好事。反正大学扩招该刹车了，已经在酝酿 600 所大学改变为职业教育学院，，也不知是不是教育部提出的？

　　更重要的原因是高考的光环已暗淡多了，大学的金字招牌份量也轻多了，怪谁呢？近年来对高考及中国大学的诟病越来越多，越来越尖锐，有一个湖南电视台的被网民称为"逆天"的批判高考的视频，非常尖锐大胆，也不知是否在电视台发布过。佩服湖南电视台，就是搞一个娱乐节目也走在全国最前列，如快乐大本营，好像很多年了。还有大学，不少学者已把当今的大学批评得"体无完肤"，看过微信里安徽满分的高考作文和四川一篇零分也是高考作文，都是批评中国大学的。前两天微信里还看到一个知名学者的一篇文章（估计不能发表，没人敢发表！），题目就是《中国大学已变为养猪场》，对当今中国大学进行了最全面最深刻最尖锐的批判和痛斥！写得真不错，勇敢的斗士、英雄！为他鼓掌！

　　我上次在论高考的结尾写道：高考该改革了，但路漫漫其修远兮！从参加高考的人数就可见一斑，高考经济依然火爆，高中学校附近房价爆涨，租房难求（小学初中也一样）。今天看电视报道一个叫毛坦厂的县城，被认为高考的"风水"好，很多考生尤其复读生趋之若鹜，学生爆满，房源紧张，很多家长陪读，带动当地经济繁荣。今年该县城复读生达七千名，今天共租用一百四十几辆大客车接送考生，热闹非凡成为该县城一大景观！是啊，高考仍将继续，但也确实需要改革了，

　　大学更需要改革！好了，这下还是祝莘莘学子们考出好成绩！

论《汉武大帝》

人生感悟之 90

用书名号是因为并非议论历史上的汉武帝，而是《汉武大帝》这部电视剧，这段时间正在播出，断断续续看了几集，觉得还不错，感觉汉朝的朝政还算开明，昨天播到刘彻要杀窦婴这一集，窦婴被太后及宰相田蚡陷害，太后直接下诏抓了窦婴（当时皇帝也在场，都不用跟皇帝商量？太后权力比皇帝大？），然后又偷走先帝遗诏。这一切刘彻"心里明镜似的"，但还是要杀窦婴，还亲自到狱中看望他，曰：他们陷害你，你没错，但朕还是要杀你全家，朕心痛。还流出了鳄鱼的眼泪，这说的是人话干的是人事吗？看到这里，我把电视关了，再也不看这部电视剧！

令人怒火中烧！什么玩意，还皇帝呢，家庭内部的奸臣恶人小人及贪腐搞不定，杀忠臣倒是信手拈来，果敢决断毫不手软！何以治国平天下？是何策略？这就是中国帝王之术？无天良无人性，充满厚黑无耻残暴愚蠢，为了权力地位可以不惜一切，重臣恩臣（还是亲戚）也如同草芥，那平民百姓呢？所作所为令人恶心呕吐，无论以后有多大功绩，也还是豺狼野兽本性！

汉朝历史我并不熟悉，这部电视剧是否忠于历史也不知道，导演想表达什么？反正从这段故事让本人觉得这部电视剧失败了！甚至讨厌编剧导演及饰演刘彻的演员，因为以此表现出中国帝王之术中的反人类特征，丧失人性充满兽性甚至更邪恶！不可容忍不可原谅。前几年好几部历史电视剧都是很成功的。

在"论中国历史观"中已指出，现在电影电视剧虚构篡改历史是家常便饭。如果《汉武大帝》这段故事是明显改编，那要臭骂编剧导演及演员，因为演员也可以罢演呀！其实陈宝国饰演汉武帝也许符合剧情，但仍觉得过于"凶相"，不像其先帝，虽无为而治，倒也国泰民安。

再次呼吁尊重历史！更要以史为鉴！

侃"中国大妈"

人生感悟之 91

去年四月与华尔街金融大鳄的"黄金大战",让中国大妈在国际舞台上火爆了一把,老外们似乎一夜间认识了中国大妈,于是一个新词汇诞生了,中文叫中国大妈,英文叫 dama,已收录到牛津英语大词典中!

去年初国际黄金价格已开始下跌,四月中旬出现暴跌。中国大妈们挺身而出,蜂拥而至,进场扫货,抢购黄金,就几天时间砸下一千亿人民币,换回三百吨黄金!导致商场断货,还有人杀到香港继续抄底。不但国际金价下跌顿时停顿,还硬生生把金价拉回每盎司一百多美元。华尔街金融大鳄和他们的小伙伴都惊呆了,连高盛都停止了抛售黄金的推荐。华尔街时报惊呼:中国大妈打败了金融大鳄!一时间中国大妈风光无限,国人也觉得为中国人长了脸。但随后金价继续下跌,至今中国大妈被套损失 260亿人民币。

其实这场"黄金大战"被严重夸大了,被看成中国大妈们抱团集体行动。而实际上是因为中国大妈们都喜爱黄金,看到金价下跌那么多,怎不心动?便毫不犹豫出手了,加上跟风从众,似乎势不可挡！其实中国大妈与金融大鳄完全不是一个级别！后来不是被"套牢"了吗？不过没关系，中国大妈既不是投资也不是投机也不是为了维护金价，最多为了保值或更有安全感而已，手中有货心中不慌！

老外对中国大妈的了解还差得远，按他们的定义中国大妈就是中国的中年女性，范畴太大，按我们的传统称谓大妈应该指六十岁以上妇女，三四十岁也叫大妈？乐意吗？再者组织结构也不对，中国大妈既然是专用词汇，是继"土豪"之后并与土豪对应的称谓，也就是富二代官二代或女土豪或土豪及权贵的老婆二奶小三……，反正必须钱多多，有的还年轻貌美，也叫大妈罢了。其实她们根本不懂什么金融投资股票期货之类，也用不着再去钻研了。

现在中国大妈（广义的）低调多了，只是在国际上跳广场舞又惹了些非议。算了，多给她们开发点活动项目，包括慈善活动之类，反正开心快乐幸福就好，大家说呢？

嗨，世界杯

人生感悟之 92

世界杯马上就要鸣锣开战，这是世界足球运动的盛会，也是球迷狂欢的日子，让世界在激情与和平的气氛中充满欢乐……

这已是多少届世界杯了？而冠军主要被那几个国家瓜分了，估计这一届也不例外，巴西已取得五次冠军，本次在自己家里比赛，再次获得冠军也不会出乎意料。每次赛前都会预测冠军花落谁家，不知本次谁家呼声最高，也不知贝利的"乌鸦嘴"又如何预测，别撞到他的嘴上！就像"鲁豫有约"，被约过后不久就会出轨。

咱们只有看别人踢球的份了，中国足球有多少年无缘世界杯了！记得上次咱们入围世界杯本人还挺年轻的呢，这么多年过去了，中国足球队还好吗？经历了希望失望绝望，我们这一代人似乎已把中国足球队遗忘了……

这届承办世界杯的巴西政府够难堪，之前多次反世界杯示威游行，沸沸扬扬，现在地铁罢工还在持续，认为承办世界杯花费过大，有浪费纳税人的钱之嫌。巴西政府灰头土脸，咋天轻轨工程又出事故，开赛前是无法完工了，还得硬着头办下去。要是在咱们这里举办世界杯，必定举国欢腾沉浸在无比的幸福快乐中，巴西民众太不给政府面子了，看来面包和牛奶比体育运动更重要，当然这也反映巴西国民的民主意识。看来因为承办世界杯反而让本届政府把国民得罪了，当初申办世界杯还花了很多心血呢……

体育运动应该是全民的热爱与参与才真正体现其意义，承办这类活动未必就能推动全民体育运动。但总得有国家承办，不过这没关系，申办时还照样抢得头破血流……。好了，还是好好享受这激情狂欢的一个月吧！

静静的诺曼底

人生感悟之 93

诺曼底海滩静静地在它原来的地方，一如它 70 多年前的样子，平坦宁静人迹罕至，然而 70 年前激烈的枪炮声打破了海滩上早晨的宁静，延续至今似乎还能依稀听到那炮声隆隆，著名的诺曼底登陆战开始了……

1944 年 6 月 6 月早晨 6 点 30 分，这场有史以来规模最大的抢滩登陆战（代号霸王行动）拉开了序幕。当德国守军梦中醒来，看到海面上无数舰船，他们知道战斗打响了。这场战役盟军共投入 288 万兵力，各种军舰 5300 艘，运输船 5000 余艘，空军飞机 13700 架。德军投入 138 万，从兵力上看盟军明显优势，但盟军是攻方，德军是守方，而且防御工事坚固，那个 B 集团军总司令"北非之狐"隆美尔真是盟军的克星，当初在北非战场就把英军打得屁滚尿流，是一个常胜将军，他视察诺曼底时，用他军事天才的眼光看着这宽阔平坦的沙滩，断定盟军会选择这里登陆，派了一个精锐师守卫，在浅海设置障碍物，沙滩上布置地雷，各种障碍物和坦克陷井。登陆战的激烈和艰难可想而知。

尤其是奥马哈海滩，开战后两小时盟军还没能攻上沙滩，在这片"死亡沙滩"上，盟军就是德军重型机枪的活靶子，还有专门轰炸海滩的大炮，盟军死伤无数，鲜血染红了海水……。还好海军看到形势危急，冒着危险把军舰驶至距离海岸 700 米处狂轰德军工事和后面的炮兵阵地，才压住了势头。战斗是惨烈的，没有坚强的意志和必死的决心是不可能打这样的战斗的。以前看过一本相关的书，说德军两个坦克师增援迟缓，否则战斗将更惨烈损失更大。好莱坞有一个大片是讲述诺曼底登陆战役的，一定要看看。

这场战役双方共近 24 万人伤亡，两边差不多。最终盟军获得胜利，这场战役开辟了西线战场，不但重创了德军，形成东西线战场合围之势，大大缩短了战争时间，而且让希特勒的失败不可逆转。

多少年后这里的海滩又回到原来的样子，在这里已多次举办纪念诺曼底登陆胜利的活动，那些幸运活下来的老兵也来到这里，缅怀阵亡的战友。硝烟早已散去，但那场惨烈的战役已刻在历史里，人们不会忘记，但纪念这场战役是希望不再有战争，希望世界永久的和平……

论"缘份"

人生感悟之 94

　　试问缘为何物与试问情为何物？其实是同一个问题，在这里缘就是情，情就是缘。

　　到底什么是缘份？各说不同。有人说先有缘，后有份，缘在天定，份在人为。缘让并不相识的人邂逅相逢相识相恋，份是发自人的意愿，需要付出可以延续维持天缘的长久。也有人说缘是命，命是缘，人无法改变自己的血缘，骨子里的东西根深蒂固难以改变，在人生重要时刻先天感觉会左右其进退取舍，这里的缘就是命运的含义。还有人认为缘份不是天定的，也不是一成不变的，缘份是根据自己的行为随时都会改变的，是善是恶皆自作！这是劝人从善弃恶，自有善缘顺缘。

　　以上所言也都没错，但似乎不够全面，以我之言：缘有命，份深浅。缘是有命的，每个人来到这个世界，既是偶然又是必然，当你来到人世就与世界结缘了，而且是与全世界的所有一切甚至宇宙结缘！因为你因为所有人和物形成世界现在这个样子，一个都不能少。而每个人死亡是必然的，当你死亡的时候，你与世界的缘份尽了，世界也是没有你那个时候的世界了。是的，世界上你没见过的人和物太多了，但并不是你没见过他们就不存在呀，你来或不来，他们就在那里！当你来了见了，就更有缘了。有缘千里来相会，无缘咫尺不相识，前一句缘深，后一句缘浅而已，都是缘！

所以"份"是缘的深浅而已，不相遇缘在，相遇有缘，相识缘深了，相知缘更深了，相爱那便是最深最美的缘了！结婚了生子了那便是缘开出的花结出的果，这是世界最美丽的时刻。所以剩女剩男们不必怨天尤人，缘份还不够深而已。而有人又离婚了变成陌路人，朋友反目了甚至成仇了，那是缘又变浅变淡了。相遇而不相识，相识而不相知都是因为缘浅，不用强求，冥冥自有天缘，凡事顺其自然！

也许你并不相信缘份是命，没关系，当你认为缘份来了，就珍惜她，不要为错过缘份而懊悔。但请看清楚善恶，无恶不作，诸善不行，善缘就会变恶缘，顺缘也会转逆缘。诸恶莫作，众善奉行，恶缘就会转善缘，无缘也会变有缘。

缘

人生感悟之 95

缘　让我与你相遇

无论你在与不在

无论你来与不来

总在我心里　晃来晃去

缘　让我听见你的歌声

无论嘹亮高吭

无论轻吟浅唱

总在我耳边　余音不息

缘　让我看到你的容颜

无论青春花季

无论中年老去

总在我眼中　闪烁美丽

缘　让我分享你的心情

无论阳春白雪

无论阴雨连绵

总在我情感中　伏伏起起

缘　让我体会你的快乐

无论春暖秋凉

无论夏炎冬寒

总在我怀里　甜美如饴

缘　让我感受你的温柔

无论近在咫尺

无论相隔千里

总在我梦里　不曾离去

思想的声音

人生感悟之 96

思想的光辉

有时像灯塔

指引远行的方向

有时是星星点灯

照亮　回家的路

思想的深邃

有时像宇宙

神秘而悠远

有时是你的眼瞳

捉摸不透　深不可测

思想的激情

有时如花儿绽放

香气扑鼻

有时是初恋的心情

甜蜜地飞翔

思想的灵感

有时是文思泉涌

滔滔不绝

有时像少女花季

欲笑还羞

思想的声音

有时如天籁之声

动彻心扉

有时是一声呐喊

在远山空谷

回音缭绕

神圣的莲花

人生感悟之 97

古今诗词美文中对莲花的赞美已是极致，但当莲心发出的神秘的光芒，穿过她剔透的花瓣，进入我的眼眸，直达心底，荡涤世俗的尘埃，我的心灵也闪耀出光来，灵魂深处泛起不绝的涟漪，化作感动的墨，不由自主从笔尖流淌出来……

我看到了，她在水的中央，把苗条的身段伫立成高雅，我本来只是要定格妳瞬间的灿烂，却看到妳清高大气的姿态，不惊不扰，无拘无束。超凡脱俗的气质，永远昂首挺立，向着太阳盛放。你包容尘世的胸怀，不张扬不招摇，也不用招蜂引蝶，自然天成，只是素面朝阳，便天香自来。妳花芯透出的惮意，充满真善美人性的光辉，就是在阴郁的雨天，妳灿烂的笑靥，也会为尘世间增添一抹亮色！我终于明白，妳就是花仙子寻觅千年的绝美！我追寻半世的红尘知己，我心甘情愿陶醉在妳的池塘里！和妳一起，在那里感受风清云淡烟雨蒙蒙，和着风喃喃诉说尘世间千年的沧桑与悲欢……

千万年前的莲花就是现在的模样，从未改变！莲是不用播种的，去年的莲子沉在水底，今年便长出来，年复一年，莲花用她纯粹的基因，诠释着她纯粹高贵的生命，演绎着生命的顽强与不朽，年复一年，芳龄永驻，音容不老……

妳就是来自佛前盛开的那朵莲花吗？作为佛的使者来到凡尘普渡众生？妳就是凡心通向佛心之间的那道彩虹吗？妳用体恤的眼光注视着人间凡尘，用无声的梵音，轻轻敲打人类的灵魂……

我站在喧嚣的岸边近距离欣赏着，从来不敢伸出手触碰你的神圣，隔着这一小段尘世的距离，仿佛又无比遥远，我只能远远地仰望静静地感悟，了悟越多离佛越近……

我凝视你的静美，灵魂也悄然联通到妳隐隐透出的惮意，红尘中的欲望渐渐化作一缕缕淡淡的心香，弥散开来，四周充满了祥和安宁，心胸已豁然开朗……

在我知天命的年龄，感受妳惊世的绝美，了悟你真善美的禅意，此生便不虚此行了……

我为荷来

人生感悟之 98

当春花烂漫时，公园里的池塘盛着一池春水，静静地冰凉着，没一点动静，甚至没一丝涟漪，但似乎又在酝酿着什么，就像黎明前的黑暗……

当百花开始凋谢的时候，池塘里动静不大地浮起片片荷叶，平铺在水面上，又过了半月，荷叶已挺立于水面之上。当草木葱茏，蛙声渐起，春天已去，天气闷热起来，荷叶已挤满池塘，遮盖了水面，还冒出尖尖角来，再过几天，夏天来了，荷花开了。荷花就是莲花，在中国北方南方到处可见，并非罕见之物，也不在中国十大名花之列，梅兰竹菊似也在其之上，但今年的荷花在我心里已占据第一的位置，而且我坚信再也不会改变了。

赞美荷花的美文多起来了，其实荷花的美丽、性格、气质、意境、胸怀、禅意是难于用文字描述的，对于荷花，文字和语言是苍白无力的，古人赞美荷花：碧荷生幽泉，朝日艳且鲜；接天莲叶无穷碧，映日荷花别样红；出淤泥而不染，濯清涟而不妖。还是远远不足以概括荷花之美，荷之美，今人感动、陶醉……

她平易近人，处处为家，只要一塘静水，在阳光下便蓬勃成长，生机盎然。你来与不来，她总在那里，你来她含笑点头，你不来她自赏芳华。她是当之无愧的花王，她的端庄大气谁与争锋？她的超凡脱俗谁能匹敌？她清高而不自傲；柔美而不招摇，勿须艳丽的色彩，自有成熟的韵味；勿须妖娆，自有风情万种；勿须粉黛，素颜朝天笑，自有清香来……

就是荷叶，也是从容自然，在炎炎六月，宽阔的荷叶下却是如玉的冰凉，也会带给赏荷的人们一丝心底的凉爽。荷叶花瓣上晶莹的露珠，映射出叶的碧绿，花的剔透……

荷花总是高雅地伫立在那里，永远昂着头，向着太阳敞开胸怀拥抱初夏的热情。在阴郁的日子里，花心似乎自有光芒，从花瓣柔柔地透出来，带看一丝禅意直奔你的心底，此时我已感到心灵的悸动，灵魂的升华……！就是凋零，也如壮士断腕般决绝，剩下莲蓬也是向上挺立，朝着太阳的方向……

今年，今天，我被荷的美彻底征服彻底陶醉了！妳是当之无愧的花王，我心中的花神……

啊！荷花，妳是百花丛中一曲千古绝唱，你是佛的使者，带着妳的万世绝美，从佛前来到凡间……。此刻，我已双手合十，向佛祈求天天梦里有荷……

我心如莲

人生感悟之 99

　　每天，我从荷旁匆匆走过，却见她在微风里，轻轻摇曳出一抹淡泊，优雅而从容……

　　去年种下的善良，今年随小荷出水而来，时间向上生长着，童话已在荷叶间隐藏，可爱的尖尖角，也为路过的蜻蜓驻足停留，花蕾里酝酿的是怎样绝美的传奇……

　　中午我来看荷，她尽情敞开胸怀，沐浴阳光雨露，感受云淡风清，拥抱世俗凡尘……

　　太阳落下的时候，却见她收拢了花瓣，是为了留住储存的阳光吗?再酝酿成满腔的心香和禅意？……

　　晚上，透过夜的黑，我看见荷双手合十，伫立成佛前的肃穆，月光清凉地洒在她身上，在蛙鸣的伴奏里，温润如水，静默成诗……

　　清晨我又来了，见妳一瓣一瓣灿烂开来，心香和禅意似熏香般缭绕弥漫出来，渗到心底，此刻，我的心便如莲花盛开，灿烂起来……

论忠诚

人生感悟之 100

忠诚的含义似乎每个人都明白，但要表述出来又很困难或者不全面，曾查阅过，都没有看到一个准确的定义，那就允许我冒昧议论议论。

什么是忠诚？忠诚是一个个体或团体对自己国家或民族或组织或个人不惜一切代价的拥护和支持，包括牺牲生命。所以在战争年代或民族存亡的时刻，忠诚就突出地表现出来，古往今来，多少忠诚之士为国家民族存亡抛头颅洒热血，岳飞的精忠报国，刘胡兰的誓死如归……，数不胜数！抗日战争时期有无数忠烈之士为国捐躯，同时也有大量汉奸。中国有汉奸，韩国朝鲜有韩奸，二战中俄国有判国的将军，法国被占时有法奸……。那和平年代呢？同样有忠诚之士，也有奸臣及尖滑之人。看来忠诚与背判是人类社会中的普遍现象，而且涉及各个方面，在爱情中有忠贞也有背判，真正的朋友也是一种相互忠诚……

那么忠诚是一种情感？一种性格？一种信仰？一种人性呢？思考这个问题让我想起小时候，大概小学三四年级吧，那正是"文革"后期，学习张铁生黄帅的时代，我们班大概三十个男生也分成两派，打架名气大的前两名各分一派，不记得按什么规矩划分人员，反正我是"老二派"的（俺还是班长呢）。开始两派旗鼓相当，但不久我们这派人数越来越少，都投奔到"老大派"了，最后我方只剩下三个人！后来"老二"家搬迁他也要转学，三个人还有模有样来个告别仪式，大概是要坚持到底之类的豪言壮语。当然再后来派别也不了了之，但通过这件事让我觉得忠诚是一种人性，既然是人性，更多的是天性，与生俱来，当然不能排除生长环境及教育的作用，无论家教及学校社会教育都很重要，一个人成长过程中的思想观念信仰都会不断改变的，但如我在"论善与恶""论人性"中所说，先天遗传的力量是强大的。

上次看过一位学者在北大的演讲稿，他对在座的北大学生说：假设日本再侵略中国，你们大部分会是汉奸，因为你们没有爱国的信仰。咋一听太刺耳，中国青少年如此不堪吗！？但认真想想这位学者未必是作践自己同胞，而是忧国忧民，我前面讲的故事里也可见一斑了。

其实这番话反映出我们教育的失败，如今学校教育的根本目的是什么？好像除了分数还是分数，考上好的中学大学，读硕读博成为"精英"才是成功！浓厚的功利主义色彩！严重偏离了教育的真正目的，而爱国爱民增强民族自豪感的素质教育不知体现在何处？教育改革势在必行！

　　而强化对国家民族忠诚及信仰的教育的确应该是学校教育的重要部分，无论小学中学大学，无论如何都不为过！只有让国民对国家民族的忠诚成为一种信仰，才能在世界民族之林中立于不败之地！

后　记

　　脱稿才一周，稿样就出来了，有点出乎意料。这得感谢张硕先生的敬业精神，也由于稿件勿需过多修改，主要是改改错别字，分分段落，顺序也完全按原来的。之前还担心文字过于平淡，校对时再仔细看了一两遍，觉得所写的内容很"耐看"，就好像第一眼看似平凡的少女，越看越顺眼，越看越喜欢了，再配上插图显得更活泼可爱。

　　编辑让我附一个作者简介，我本婉拒了，这不是传记，作者是谁并不重要，这只是一个普通中国人把自己对人生社会自然的内心感悟写出来，与别人交流而已，若能让读者产生一些同感或共鸣，足矣！

　　其实更多的是在呼吁，虽然很微弱毕竟发声了，也希望有更多的人和我一起感悟"真善美"，抨击"假恶丑"！我们的社会现实中经济发展的表面繁荣掩盖了"假恶丑"的泛滥，外国人都帮我们看清楚了，而我们自己反而"不识庐山真面目，只缘身在此山中"了。或许并非不明白，而是习惯了，大家都习惯了便会产生某种文化，你把眼睛耳朵都捂住了，坏人盗铃还用掩耳吗?还是孟德鸠斯那番话说得精辟！……

　　我们都渴望美好的世界。我在这儿作一个设想：二三十年后回望我们现在经历的时代，恐怕才会更清楚地看出这是一段非常特别的时期，甚至可能是空前绝后，是一个极其矛盾而又似乎顺其自然的时代，焦虑而又习惯着；内心浮躁而又表面和谐着；虚伪而又被虚伪着；受伤而又忍耐着；被迫而又无奈着；纠结而又满不在乎着；明白而又迷茫彷徨着；树欲静而风不止着；物质满足而又精神空虚着；用痛并快乐着来总结可能最合适……

这也就是我们所经历的二三十年，再过二三十年，咱们的下一代也到我们现在的年龄了，世界应该会比现在美好得多，也需要付出一代人的努力奋斗。所以我更希望青年尤其是大学生们更多地关注社会关注国家关注未来，毛泽东说：世界是我们的，也是你们的，但归根结底是你们的，你们青年人朝气蓬勃，好像早晨八九点钟的太阳，希望就寄托在你们身上。这段话曾经鼓舞过我激励过我，希望也能激励着现代的青少年！

中国人从古至今都没有图腾，却历来崇拜天子，希冀着有一双伟人的手为我们荡去世上所有阴霾，让每个人的心灵闪耀真善美的光辉，祈祷着一个伟人为我们谛造一个崭新美好的世界。领袖的作用毋庸质疑，但更重要是每一个公民的努力工作。

我在工作之余还会继续感悟人生，还会继续保持我的风格：用平淡的语言讲一两个浅显的道理。

庄武

2014 年 6 月 12 日于福州